노현경 의원이 전하는 교육 이야기

Every child is special

모든 아이들은 특★별하다

모든 아이들은 특별하다

2014년 1월 17일 제1판 제1쇄 인쇄
2014년 1월 24일 제1판 제1쇄 발행

지은이　노현경
펴낸이　강봉구

편집　　　김희주
마케팅　윤태성
디자인　비단길
인쇄제본　(주)아이엠피

펴낸곳　　봉구네책방(작은숲출판사)
등록번호　제406-2013-000081호
주소　　　413-120 경기도 파주시 문발로 119(문발동) 306호
전화　　　070-4067-8560
팩스　　　0505-499-8560

홈페이지　http://cafe.daum.net/littlef2010
페이스북　http://www.facebook.com/littlef2010
이메일　　littlef2010@daum.net

©노현경

ISBN 978-89-97581-40-5　03810
값은 뒤표지에 있습니다.

노현경 의원이 전하는 교육 이야기

Every child is special

모든 하이들은 특★별하다

서문

　글을 쓴다는 것은 마음을 가다듬고 자신을 돌아보는 작업 같습니다. 하루 종일 수많은 사람들과 웃고 갈등하다가, 칼럼을 쓰려고 컴퓨터 앞에 앉으면, 어느새 차분한 마음으로 하루의 삶을 돌아보게 됩니다.

　무엇을 쓸 것인가를 정하고, 서론 - 본론 - 결론으로 나누어 한 자 한 자 글을 써내려 갑니다. 수십 번 단어를 고쳐 쉬운 단어로 바꾸고, 모순된 내용이 없는가를 살핍니다. 마지막으로 칼럼 속에 흐르는 정신이 한 점 부끄러움이 없기를 바라며 글을 마칩니다. 그러나 아침에 일어나 밤새 쓴 칼럼을 다시 살펴보면 왜 그리 어색한 단어들이 많은지 늘 후회하지만, 더 이상은 나의 한계라며 스스로를 위로합니다. 이런 식으로 칼럼을 쓴지가 십년이 넘었습니다. 그동안 언론사에 기고한 칼럼이 백 몇 십 개는 되는 것 같습니다.

　칠남매의 가난한 집안에서 태어나, 피나는 아르바이트와 어렵게 받은 장학금으로 이화여대를 졸업하고 평범한 가정 생활을 하다가, 세 아이 중 맏아이가 초등학교에 들어가던 날 내 마음도 아이와 함께 다시 초등학교에 입학하였습니다.

　어렸을 때부터 사회 문제와 교육에 많은 관심을 가졌지만 이즈음부터 본격적으로 학부모 활동을 시작하여, 학교운영위원회, 참교육학부모회 인천지부장을 오랫동안 하면서 학부모의 학교 교육 참여와 역할을 강조해 왔습니다. 하지만 교육 변화에 대한 강한 열망을 느꼈고, 제5대 인천시교육위원, 제6대 인천시의원(4년 내내 교육위원회)에 도전해 당선되었습니다. 그래서 보다 다양한 인천의 교육 문제를 경험할 수 있었습니다. 따라서 칼럼의 주제는 대부분 아이들이나 인천교육문제와 관련된 것입니다.

이번 칼럼집 『모든 아이들은 특별하다』의 주인공은 아이들입니다. 아이들은 스스로 성장하는 것이 아니라, '누군가'와의 관계 속에서, 때로는 배우고, 때로는 다른 아이들을 가르치는 과정에서 성장합니다. 그 '누군가'는 부모이기도, 선생님이기도, 친구들이기도 할 것입니다.

우리나라 보통 아이들의 일상은 아침 일찍 눈을 뜨자마자 시작하여 캄캄한 밤에 마무리됩니다. 이러한 반복적이고 기계적인 학습 과정에서 왜 공부를 하는지 조차 이해하지 못한 채 이리저리 끌려 다니는 아이들이 많습니다. 부모들은 수입의 대부분을 아이들 교육에 퍼부으면서도 더 투자하지 못함을 자책하는 죄책감에 시달립니다. 학교 선생님들도 힘들어하는 아이들의 일상을 보면서, 변화를 주고 싶어도 어쩔 수 없이 굳어진 교육 문화의 틀에 끼어 돌아가는 하나의 톱니바퀴가 되어버립니다.

이제 누군가 나서서 모두가 고통스러운 이 틀을 조금씩 개선해 나가야 한다고 생각합니다. 이 칼럼집이 고통스러워하는 우리 아이들, 많은 선생님들, 학부모님들께 조그마한 위로와 도움이라도 되었으면 좋겠습니다. 대단한 내용은 아나지만, 그동안 행복한 아이들과 바른 교육을 위해 치열하게 고민하며 노력해온 흔적이라고 이해해 주시기를 기대합니다.

병원에서 환자를 진료하는 바쁜 생활에도 불구하고 이 칼럼집의 원고를 한 자 한 자 다듬어준 남편에게 감사하며, 여성정치인 엄마의 바쁘고 고단한 삶때문에 스스로 알아서 성장해야만했던 사랑하는 세 딸들에게도 감사의 마음을 전합니다.

2014년 1월 노현경

"Every child is special"

차 례

2 아이들,
모든 아이들은 특별하다.

3 인권,
교육 공동체 인권을 세우자

4 학교 급식,

학교 급식도 교육이다.

5 교육 주체,
관료 중심에서 학교 공동체 중심으로

6 교육 혁신,

우리 교육 바뀌어야 한다.

1

교육,

행복한 교육, 좋은 교육을 꿈꾼다.

교육, 행복을 위한 도구

 사교육비의 가파른 상승은 국가적 위기라고 표현할 정도로 위험한 지경에 다다랐다. 사교육비를 감당하기 위해 부모들은 자신의 미래를 위한 계획을 포기하면서까지 매달리는 것이 오늘의 현실이다. 많은 부모들은 아이들이 화려한 미래를 위해 사회적 지위가 보장되는 직업을 가져야 하고, 그런 직업을 위해 유명 대학에 들어가야 한다고 생각한다. 결국 유명 대학 입학과 아이들의 행복한 미래를 동일시 하게 된다.

 이 지점에서 우리가 다시 생각해야 할 것이 있다. 아이들의 미래 행복이 부모들이 생각하는 화려한 직업과 직접 연결될 수 있는지, 즉 화려한 직업과 행복이 일치하는가이다.

 화려한 직업이 돈과 연결될 가능성이 높은 것은 분명하다. 그러나 화려한 직업은 소수만이 얻을 수 있으므로, 그러한 직업을 위해서는 사회가 요구하는 '외형적 조건'들을 갖추어야 한다. 그것은 우수한 수능 성적, 유명 대학 졸업, 심지어 유명 외국 대학의 박사 학위를 필요로 할지도 모른다. 결국 모든 학생들을 한줄 세우기 경쟁 대열에 참여시킬 수밖에 없다.

예를 들어, 화려해 보이는 대통령이라는 직업을 얻기 위해 사천만 명이 경쟁을 한다고 생각해보자. 모두 유명 대학을 나오고 박사 학위를 취득하였다 해도 대통령은 한 명만 가능할 뿐이다. 그럼 대통령이 된 한 명만 행복한 삶을 누리고 나머지는 모두 불행한 삶을 살아야 하는가. 이것이 줄 세우기식 교육과 행복 추구의 문제점이다.

교육은 행복을 위한 하나의 도구일 뿐 목적이 아니다. 행복이란 화려한 직업'만'으로 얻어지지 않는다. 행복이란 '인간다운 삶'이라는 내면적 가치에서 나오는 것으로 주관적인 영역이다.

따라서 행복하기 위한 교육은 사람마다 다를 수밖에 없고, 영어, 수학, 그리고 수능 성적은 수많은 행복의 조건 중 '극히' 일부분일 뿐이다. 이것을 고려한다면 우리의 교육 목표를 국·영·수 중심의 학력 신장과 수능 성적을 높이는 것만으로 한정하기보다는, 자신의 행복을 스스로 찾는 능력을 가르치는 것에 목표를 두어야함이 분명하다.

행복을 찾기 위한 수단이 수능 성적에만 있는 것이 아니고, 의사, 판·검사, 대통령이 되어야만 행복한 것이 아님을 이해하게 해야 한다. 즉, 스스로 행복을 찾아가는 방법을 가르쳐주어야 하는 것이다.

그래서 사람마다 각기 다른 행복을 추구하고 그 안에서 진정한 '삶의 의미'를 터득해야 한다. 교육이 돈을 벌기 위한 한 줄 세우기에서 벗어나 '다양한 삶을 찾을 수 있는 길'을 제시할 때 진정한 교육이 되며, 그 교육은 '다양한 사회적 가치'를 세울 수 있을 것이다. 그리고 사람들로 하여금 다양한 가치를 인정하여 자신의 가치에 대한 '책임'과 타인의 가치에 '관용'을 베푸는 사회를 만들 수 있을 것이다.

다양한 가치라는 교육 목표가 타당하다면 그것을 향해 나아가는 구체적 방법 중 하나가 토론 교육이다. 주입식 교육이 정해진 방향으로 나아가는 것이라면, 토론 교육은 정해지지 않은 목표를 자기 스스로 찾게 만드는 것이다.

주입식이 아닌 토론식 교육을 통하여 남의 생각이 아닌 자신의 생각을 바로 세울 때(立志) 비로소 진정한 행복을 달성할 수 있다. 학부모도 자신을 돌아보아 내 생각이 항상 올바른 것만이 아님을 인정한다면, 자녀가 자신의 행복을 찾을 수 있는 길을 열어주는 것이 부모로서 최선의 역할이라는 점을 고민해 보아야 하지 않을까?

입지(立志)는 수학, 영어 성적에서 나오는 것이 아니라, 스스로 세운 가치를 실천하는데서 온다. 수학, 영어 성적은 입지를 위한 수많은 도구 중 하나일 뿐이다.

인천일보, 2008년 3월 7일자 / 인천시교육위원

1.2. 교육과 공정
올바른 교육없이 공정 사회 없다

    교육법에 명시된 교육에 대한 정의는 '홍익인간(弘益人間)'의 이념 아래 모든 국민으로 하여금 인격을 도야하고 자주적 생활 능력과 민주시민으로서 필요한 자질을 갖추게 함으로써 인간다운 삶을 영위하게 하고 민주국가의 발전과 인류공영의 이상을 실현하는 데에 이바지하게 함을 목적으로 한다'라고 되어 있다.

    최근 인천의 한 고등학교에서 수능 모의고사 성적 조작 사건이 있었다. 인천시교육청의 보도 자료에서는 교사 한 명과 몇몇 학생들의 성적 조작이었으며, 관리 감독을 잘못한 부장선생님과 학교장 책임으로 결론 지었다. 이처럼 이번 사건을 어떤 학교의 일탈적 성적 조작 해프닝 정도로 보는 것이 올바른 태도인가.

    겉으로 드러난 어떤 문제를 이해하려면 그 문제가 나타난 환경을 유심히 살펴보아야 한다. 환경이 바뀌지 않는 한 유사한 문제는 언제든지 재발할 수 있기 때문이다. 이러한 근본적 고민 없이 한 사람, 한 학교의 일탈적 행동으로만 본다면 문제를 해결하는 것이 아니라 은폐하는 것에 불과하다.

우리는 어느 시·도, 어느 학교가 소위 명문 대학에 더 많은 학생을 진학시켰는가에 따라 '교육을 잘 시켰는지' 여부가 판가름 나는 세상에 살고 있다. 사실 시·도 교육이나 학교에 대한 평가가 '명문대 입학률'에 좌우되는 것이 현실이다. 이로 인해 온갖 수단과 방법을 동원해 명문대 입학률을 높이려 하고, 학생과 학교를 과잉경쟁 속으로 몰아넣는다.

경쟁 자체를 무조건 나쁘다거나 부인할 수는 없다. '인간은 사회적 동물'이라는 아리스토텔레스의 말처럼 사람은 혼자 살 수 없으며 인간 본성상 경쟁을 피할 수는 없다. 적절한 경쟁은 서로에게 자극이 되고 삶을 풍요롭게 하는 중요한 요소이다. 하지만 지나친 경쟁은 반드시 부작용을 낳는다.

정부가 후반기 국정 방향의 목표를 '공정한 사회'로 정했다. 하지만 최근의 한 고등학교 성적 조작 사건, 외교통상부장관 딸의 외교부 공무원 부정 특채 문제에서 알 수 있듯이 공정한 사회는 올바른 교육에 대한 신념이 없이는 한낱 정치적 수사에 불과하다. 공정한 기회와 평가, 공정한 제도가 뒷받침되지 않는 한 공정한 사회는 결코 이룩될 수 없다.

두말할 필요 없이 공정한 사회의 가장 중요한 요건은 '공정한 교육 기회'이다. 학교의 성적 조작이나 사회 고위층 자녀의 부정 특채 사건을 몇몇 사람의 도덕적 해이로 치부하고 대충 넘어간다면, 우리 사회의 지속 가능한 발전은 기대하기 어려울 것이다.

우리가 '올바른 교육'을 등한시하고 수단과 방법을 가리지 않는 성공

과 출세를 위해 혈안이 되어 있는 한, 과잉 입시 경쟁, 성적 조작, 부정 특
채 문제는 언제든 생겨날 수밖에 없다. 이번 기회에 교육과학기술부는
입학사정관제 등 대입 제도에 대한 재점검은 물론 성적 조작과 관련해
전국 실태를 파악해야 한다.

경인일보, 2010년 9월 15일자 / 인천광역시의원

1.3. 교육과 민주주의
인권적이며 민주적인 교육

어떤 학교에서 화장실 흡연을 막기 위해 화장실 외부 출입문을 제거했다고 한다. 이는 흡연을 막으려는 좋은 의도임은 분명하지만 과연 그 방법이 타당한 것일까.

외부 출입문을 제거하여 화장실 안에서 몰래 흡연하는 학생들의 숨을 곳을 없앨 수는 있다. 하지만 흡연 학생들은 곧 다른 은밀한 장소를 찾아낼 것이다. 따라서 흡연 장소를 줄이는 소극적 방법보다는 흡연의 해로움을 이해시키고 학생들 스스로 올바른 선택을 하도록 만드는 적극적 금연 교육이 보다 근본적 대책일 것이다.

수학 문제에서 정답을 찾아내는 것보다 풀이 과정이 더 중요하다. 풀이 과정에서 시행착오와 실수를 경험하고 그것을 바탕으로 점차 정확한 풀이를 익히게 된다. 현대 과학이 '실수를 통한 배움'에서 발전해 왔다는 칼 포퍼의 이야기도 같은 의미이다. 횡단보도를 건널 때 손을 흔들며 건너야 한다는 '행위'를 가르치기 보다는 손을 들어야 하는 '이유'를 실감하게 하는 것이 더 적극적인 가르침이다.

오늘 우리의 교육은 어떠한가. 우리의 교육을 한마디로 말하면 훈육식 교육이다. 교사와 학생간 지식의 흐름은 늘 일방적이다. 학생들은 무조건 외워야만 한다. 많은 양의 지식을 단시간에 주입시키기 위한 좋은 방법일 수 있지만, 정답만 알고 과정은 이해하지 못하는 알맹이 없는 교육 방법이다.

이처럼 일방적인 훈육식 교육과 달리, 토론식 교육은 자신의 지식과 논리가 틀릴 수도 있다는 것을 깨닫게 한다. 토론식 교육은 교사와 학생간 지식의 흐름이 '일방적'이 아니라 '상호 교류'이므로, 학생은 논리전개나 문제 풀이 과정의 오류를 스스로 깨닫게 된다.

이러한 토론식 교육은 교사와의 지식 교류뿐 아니라 다른 학생과의 교류도 활발하게 한다. 남의 이야기를 듣는 방법을 익히고 남의 이야기를 들으려 노력하는 중에 '남을 존중하는 방법'을 배우게 된다. 결국 상대방을 인정하는 인권 정신이 싹트게 된다.

이런 점을 생각할 때 훈육식보다는 토론식 교육이 훨씬 더 인권적이며 민주적 교육 방식임을 알 수 있다. 흡연을 막기 위해 화장실 외부 출입문을 제거하기 전에 학생들의 의견을 수렴하는 과정을 거쳤으면 좋지 않았을까. 그 과정에서 학생들 스스로 흡연의 문제점을 반성하게 될 수도 있지 않았을까. 물론 쉽지는 않을 것이다.

이런 이야기가 어쩌면 비현실적으로 들릴 수 있겠지만, 이러한 교육방식이 조금씩 발전해간다면 다음 세대는 좀 더 민주적이고 성숙된 시민으로 성장해 있지 않을까.

누구나 인권적이며 민주적 교육이 필요하다는 것을 인정하겠지만, 당장 열매를 딸 수 있는건 아니니 인내심이 필요하다. 교사가 민주적 교육을 시행하려면 현실적인 장애가 많을 것이다. 당장 열매를 원하는 사람들로부터 비난이 쏟아질 것이다. 그리고 이같은 교육 방식에 익숙하지 않은 학부모와 학생들의 불만을 살 것이다. 따라서 올바른 교육의 실현을 위해서는 교육 공동체 구성원들의 이해와 인내심이 필요한 것이다.

인천신문, 2007년 1월 9일자 / 참교육학부모회 인천지부장

1.4. 교육과 도(道)
합리적이고 이성적인 사회를 위한 교육

교육과학기술부는 학생들에게 전국단위 일제고사를 치르게 하고, 이 일제고사가 학습 부진 학생을 최소화하고 학력 격차를 해소하는데 기여할 것이라고 말했다. 일제고사에 의해 평가된 학습 부진 학생은 항상 '상대적'으로 있기 마련인데, 이것을 어떻게 해소하겠다는 건지 도저히 이해할 수 없다.

이것이 2010년 실시되는 학교별 성적 공개와 맞물려 학교와 학생 서열화는 피할 수 없게되고, 이로 인해 학부모의 사교육비 부담이 더욱 가중될 수밖에 없다. 지금도 가정 경제의 어려움으로 생활이 힘들어지는 상황에서 학부모들은 더욱 깊은 한숨을 쉴 수밖에 없을 것이다.

그리고 학생들은 자신이 왜 그래야 하는지도 모른채, 새벽부터 늦은 밤까지 지친 몸을 이끌고 학교에서 학원으로 내몰리게 된다. 학부모와 학생은 이제 모두 성적과 시험의 노예가 되어가고 있다.

국어 · 영어 · 수학 문제의 정답을 잘 맞추는 것이 가장 중요한 교육의 목적인가. 이들 과목의 성적을 좀 더 잘 얻기 위해 새벽부터 밤늦게까지 달달 외우고, 반복하고, 또 반복하는 것이 훌륭한 교육인가. 교육이 진정 이러한 것이라면, 국어·영어·수학 풀이의 달인을 만들 수는 있지만, '된 사람'을 만들기 위한 인성 교육은 어떻게 할 것인가.

진정 교육을 걱정한다면, 나쁜 심성을 가진 국·영·수의 달인이 사회의 지도층이 되었을 경우, 사회가 어떻게 될 것인지를 생각해야 한다. 일제고사에서 국·영·수 달인이 된 학생 수가 많아졌다고 해서 대한민국 헌법에 명시된 의무 교육의 '목표'를 달성했다고 자랑할 수 있겠는가.

헌법에 명시된 의무 교육의 목표는, 바른 심성을 가지고 서로를 배려할 수 있는 사람, 이성이 통하는 사람, 남의 이야기를 들을 줄 아는 사람을 만드는 것임이 분명하다. 그래야 나라가 좀 더 합리적이며 이성적인 사회로 발전할 수 있게 된다. 이러한 것이 기초가 되어 경쟁을 한다면, 권모술수의 경쟁은 줄고 정의롭고 합리적인 경쟁이 많아질 것이다.

과거 조선 시대에도 교육이 올바른 언행을 가르치는 대신에 오직 '출세'의 수단으로만 전락된 적이 있었다. 이것은 당시 사회적으로 큰 병폐였다. 어떤 서원(지금의 사립대학과 유사함) 출신인가에 따라 당파가 갈리고 출세의 길이 달라져 끝없는 싸움의 근원이 되었다. 이에 대해 율곡은 이렇게 비판했다.

"비록 천리(天理)를 통하는 학문과 인간의 뛰어난 행실이 있어도 과거 시험이 아니면 출세하여 도(道)를 행할 수 없으므로, 아비가 자식을 가르치고 형이 아우에게 권하는 것이 과거 시험 외에는 다시 다른 방법이 없으니, 선비 풍습의 버려짐이 이 과거 시험 때문이다."

율곡의 이러한 비판은 오늘날에도 여전히 유효하다. 우리의 교육이 일제고사로 교과 성적이라는 극히 일부분만을 평가하여, 그것으로 전국의 모든 학생들의 서열을 정하고, 국·영·수의 달인이 된 학생만을 출세의 길로 가게 한다면, 율곡의 책망을 다시 받아 마땅하다. 우리는 왜 아직도 조선 시대의 병폐를 벗어 던지지 못하고 계속 반복하고 있는가?

진정 교육의 발전을 위한다면, 획일적 일제고사로 학생들의 교육을 제대로 평가할 수 없음을 알아야 한다. 제대로 된 교육이라면, 학생들의 정의감을 북돋우고 삶의 가치를 바로세우는 교육이 되어야 한다. 따라서 교과부가 제대로 된 교육을 원한다면, 학생들을 국·영·수 달인으로만 만들려 할 것이 아니라, 올바른 가치관을 정립하고, 선한 심성을 가진 학생들이 많아지도록 힘써야 할 것이다.

이제 조선 시대의 나쁜 교육 관습을 버릴 때가 되었다. 올바른 교육이란 훌륭한 인간을 키우는 것이다. 훌륭한 인간이란 올바른 가치관을 가진 인간이지 국·영·수 풀이만 잘하는 기계 같은 인간은 아니다. 올바른 교육철학 없이 일제고사만 주장한다면 교과부장관은 더 이상 교육을 책임질 자격이 없다.

인천신문, 2008년 10월 16일자 / 인천시교육위원회 부의장

이명박 정부의 교육 정책 전망

　새롭게 출범하는 이명박 정부의 주요 정책 중, 가장 큰 변화가 예상되는 것은 단연 '교육 분야'이다. 예상했던 대로 지난 2일 교육부의 대통령직인수위원회 업무보고는 차기정부 교육 정책을 '대변혁'이라 부를 수 있을 만큼 메가톤급이었다. 이명박 대통령 당선인의 주요 교육 공약은 '사교육비 절반 절감 5대 프로젝트'로 '고교 다양화 300 프로젝트', '3단계 대입 자율화', '영어 공교육 완성 프로젝트', '기초 학력, 바른 인성 책임 교육제', '맞춤형 학교 지원 시스템' 등이다.

　그 중에서 교육 현장에 가장 큰 변화를 가져올 정책은 '고교 다양화 300 프로젝트'와 '3단계 대입 자율화'가 아닌가 싶다. 교육부의 기능을 대폭 축소하여 대학 입시는 4년제 대학협의기구인 한국대학교육협의회에 넘기고, 특목고와 자립형 사립고 인가 권한은 16개 시 · 도 교육감에게 완전히 넘기겠다는 것이다. 이미 많은 지자체장들이 저마다 더 많은 특목고를 세우려는 상황에서 앞으로 특목고와 자사고는 우후죽순처럼 늘어날 것이다.

이명박 정부는 우리 교육의 실패 원인을 규제 중심의 교육부와 고교평준화 때문이라 보고 있는 것 같다. 그래서 교육부를 없애고 특목고와 자사고를 많이 세우면 학교 선택권이 보장되어 다양한 교육을 받을 수 있고 공교육도 살아나고 사교육비도 반으로 줄 수 있다고 주장한다.

과연 그러한가. 이 당선자가 가장 즐겨 쓰는 단어인 '자율'과 '다양성'에서 알 수 있듯이 이명박 정부가 내세우는 교육 정책이 겉보기에는 국민 모두에게 혜택이 돌아가는 핑크빛 공약처럼 들리지만 향후 심각한 후유증과 부작용이 예상된다.

첫째, 이당선자는 정부는 교육에 관해 '도우미 역할'만 하고 모든 것을 '자율'에 맡겨야 한다고 말하는데, 이는 국가의 국민교육에 대한 기본 의무마저 지지 않겠다는 것으로 비쳐진다. 자율, 경쟁, 다양성과 같은 환상적인 말 뒤에는 대통령이 수호해야할 헌법 정신, 즉 '모든 국민은 능력에 따라 균등하게 교육받을 권리'가 있고 이를 위해 '국가는 공교육에 대한 책무'가 있음을 간과하고 있다. 이는 모든 학생과 학부모를 '정글 속 무한경쟁'으로 내모는 것과도 같다. 결국 부모의 경제력이 자녀의 학력으로 이어질 수밖에 없는 현실에서 교육에 의한 빈익빈 부익부를 심화시키고 계층 간 격차를 더 심화시켜 지금보다 훨씬 큰 사회 갈등을 야기 할 수 있다.

둘째, 지금과 같이 3불 정책과 고교평준화 하에서도 특목고와 자립형 사립고에 들어가기 위해 엄청난 사교육비를 쏟아 붓고 있는데, 고교 다양화 300프로젝트로 자사고와 특목고를 20%로 늘리면 특목고와 자사고 입시를 위해 더 치열하게 경쟁하게 될 것이다. 1974년 고교평준화 이전에 고입 재수가 있었던 것처럼 초·중학교 아니 유치원 때부터 모든 학생들이 입시 지옥에 내몰리고 공교육은 더욱 황폐해질 것이다. 더욱이 국가 경쟁력과 무관하며 창의성과도 거리가 먼 입시만을 위한 단순 암기나 주입식 문제 풀이 형 인간만을 많이 양산하게 될 것이다.

셋째, 이명박 정부는 경쟁을 하면 사교육비가 반으로 준다고 하였는데 이는 기업이나 시장에서만 통하는 경제 논리일 뿐이다. 또 우리나라 학부모의 남다른 교육열을 제대로 인식하지 못한 진단에서 나온 발상이다. 자녀가 더 치열해진 경쟁에서 살아남도록 하기 위해 학부모들은 더욱 더 사교육 시장으로 자녀를 보낼 것이다. 그 결과 사교육비는 훨씬 증가할 수밖에 없다. 경제적 부담에도 불구하고 학부모들이 사교육을 계속 시키는 것은 단순히 공교육인 학교 교육에 만족하지 못하거나 뒤처지는 과목만 보충하기 위해서가 아니다. 모든 입시 경쟁에서 앞서가기를 바라기 때문인데 명문 입시고로 인식되고 있는 특목고나 자사고 증설은 학생·학부모의 경쟁을 더욱 유발하여 학부모의 사교육비 부담을 크게 늘릴 것이다.

교육은 백년지대계라 했다. 대다수 국민은 참여정부에 대한 실망으로 새 정부를 선택했다. 하지만 모든 국민의 삶에 결정적인 영향을 주는 교육만은 오랜 국민들의 합의 과정을 거쳐 서서히 바꿔가야 한다. 아무리 대통령당선인 공약이라도 손바닥 뒤집듯 쉽게 결정해서는 곤란하다.

중부일보, 2008년 1월 9일자 / 참교육학부모회 인천지부장

1.6. 교육과 발전
지속 발전을 위한 교육의 목표

만유인력이나 전기의 발견과 같은 과학의 발전은 '소수' 사람들에 의해 이뤄졌다. 하지만 절대군주 정치에서 민주 정치로의 발전은 '다수' 국민의 의식 변화로 이뤄졌다. 따라서 과학 발전만을 위해선 그 방면에 능력이 뛰어난 소수를 키우는 것이 효과적 방법일 수도 있지만, 민주주의를 함께 발전시키기 위해선 다수의 민주의식이 꾸준히 성장해야 한다.

이런 점을 볼 때 미래사회를 위한 교육은, 소수 우수한 학생들 중심으로 한다거나 반대로 다수의 보통 학생을 중심으로 가르쳐야 한다는 주장이 한편으론 맞고 다른 한편으론 아닐 수 있는 것이다. 안정된 국가를 위한 사회 통합이나 민주적 규범을 강조할 경우에는 다수를 중심으로 한 교육이 필요하고, 과학과 같이 개인의 능력이 요구되는 분야에선 그 분야에 뛰어난 소수를 중심해서 집중 교육할 필요도 있는 것이다.

사회 통합을 위해선 남을 배려하고 함께 살아가는 법을 가르쳐야 하며, 과학적 능력을 키우기 위해선 교과서의 정답에 만족치 않고 보다 새롭고 남다른 자신의 생각을 펼쳐나가게 해야 한다. 그렇다면 학생들로 하여금 수능에서 우수한 성적을 내도록 하는 것을, 안정된 사회 통합과 과학적 재능을 가진 인재 양성과 미래사회 발전을 위한, 최고의 교육 목표로 세우는 것이 올바른 것인가.

수능 성적이 우수한 학생들 대부분이 사회 통합에 더 확실한 신념을 가진 학생들이라 할 수 없으며, 창의성이 중요시되는 과학적 소양이 더 뛰어난 학생이라고도 말할 수 없다. 오히려 강한 집중력과 인내력의 소유자이자 대입 관련 문제 풀이를 더 많이 하고, 정답을 잘 맞출 수 있도록 훈련된 학생일 가능성이 높다.

사회 통합 교육이 성공하려면, 적성에 맞는 진로 선택과 교육받을 기회가 주어져야 하고 '인생의 성공과 행복은 성적순'이라는 사회 의식이 변화될 때 가능하지 않나 싶다.

이처럼 수능에서 우수한 성적을 획득해 소위 명문대에 한 명이라도 더 많이 보내는 것이 미래 국가 발전을 위한 최고의 교육 목표가 될 수 없음에도 불구하고, 학벌 위주의 오랜 관습이 명문대에 가야만 성공할 수 있다는 생각을 만들었다.

그래서 사회 통합에 필요한 남을 배려하는 마음과 더불어 살아가는 품성을 가진 학생들이라도 수능 점수가 낮으면 사회적 성공의 필요 조건을 갖추지 못한 것으로 인식되고, 남다른 시각으로 새로운 것을 찾아가려는 과학적 소양을 가진 학생들도 수능에서 좋은 성적을 내야만 훌륭한 과학자가 될 수 있다고 믿게 되는 것이다.

수능이 학생들의 학업성취도를 평가하는 하나의 중요한 도구로 활용

될 수는 있으나 국가 발전을 위한 교육의 절대 목표가 되어선 안 되는 이유이다. 하지만 현실은 학벌이 출세의 핵심이라는, 조선 시대부터 이어진 오랜 사회적 의식 때문에, 교육에 대한 그 어떠한 합리적 판단도 적용하기 어렵다.

관습은 사회 변화와 함께 조금씩 변형돼 왔으므로 단번에 바꾸기는 어렵다. 하지만 건강한 형태로 조금씩 바뀌어야 한다. 우리 모두가 대입만을 향해 전력 질주하는 한, 초·중등 교육은 본래의 교육 과정 목표와 유리된 채 왜곡될 수밖에 없다. 또 가치가 지나치게 과대평가된 수능 성적이라는 잣대만으로 인생 등급이 매겨지고 개인의 행·불행이 결정되는 사회는, 국민 개개인을 위해서도 국가의 발전을 위해서도 바람직하지 않을 것이다.

'최고 교육이란 곧, 수능 준비'란 생각에서 비생산적이고 기계적인 반복 교육만 계속한다면 사회 통합도 어려울 뿐더러 세계 무대를 선도할 창의적인 인간을 키워내기도 어려울 것이다. 이제 우리는 무엇이 진정 지속 발전이 가능한 미래사회를 위한 교육인지를 냉정하게 되돌아 봐야 할 것이다.

인천일보, 2010년 2월 19일자 / 인천시교육위원회 부의장

1.7. 교육과 학교 자율화
진정한 학교 자율화를 원한다

자율(autonomy)이란 단어를 유명하게 만든 사람은 철학자 칸트이다. 그에 따르면 사람에겐 선한 의지가 있어서 다른 사람을 수단으로만 생각하지 않고 목적으로 생각한다. 따라서 다른 사람을 자신처럼 생각함으로써 자신을 자율적으로 '규제'하여 보편 도덕에 도달하고자 한다. 즉 자율이란 '내 멋대로 한다'가 아닌 '스스로를 규제 한다'로 이해되어야 한다. 스스로를 규제할 줄 아는 사람이나 공동체가 가장 도덕적이라는 것이다.

'학교 자율화'에서의 자율도 같은 의미로 받아들여야 한다. 학교 자율화란 학교 교육 주체 스스로 자신들을 규제하고 운영하는 것이다. 여기서 교육 주체는 학생, 학부모, 교사를 말함은 물론이다. 그러므로 교육 주체들이 학교 교육을 위해 민주적 논의 과정을 거쳐 학교 운영을 '스스로 하는 것'이 학교 자율화의 진정한 의미이다.

이러한 학교 자율화를 위한 실천적 기구로 학교운영위원회(이하 학운위)가 학교마다 구성되어 있다. 학운위는 학부모, 교사, 지역 사회 인사 등 학교 내외의 구성원으로 이루어져 있다. 이렇게 구성된 학운위는 학교의 자율적 운영을 통하여 학교 정책 결정의 민주성과 투명성을 확보하고, 지역과 학교 특성에 맞는 다양한 교육을 창의적으로 실시할 수 있도록 심의·자문하는 기구이다. 결국 학운위가 진정한 학교 자율화를 시작할 수 있는 중요한 기반인 것이다.

학교 자율화의 핵심 단위인 학운위는 학교의 예·결산, 학교 교육 과정 운영 방법, 방과후 교육 프로그램, 학교 급식, 교복 및 체육복, 수학 여행, 졸업 앨범 등 학부모가 경비를 부담하는 사항 외에도 학교에서 생길 수 있는 모든 문제를 의논하고 결정하여 단위 학교 스스로 자신들의 문제를 해결해야 한다.

만약 학교 운영에 관한 실질적 결정을 몇 사람이 일방적으로 하게 된다면 학운위는 자율성을 상실하고 학교 외부에 보이기 위한 선전용 기구로만 남게 될 것이다. 자율은 최대한 민주적 방식을 선택하게 됨으로써 특정한 사람이 모든 것을 일방적으로 결정하는 방식을 용납하지 않는다.

자율과 반대되는 정신은 가부장주의이다. 자율적 교육과 반대되는 가부장적 교육은 학교에 최고 어른이 있고 모든 결정을 이 어른이 한다. 이러한 교육 형태의 대표적인 예가 조선 시대 교육이다. 가부장적 교육이 잘되려면 최고 어른은 교육에 대해 모든 것을 잘 알아야하고, 가장 깨끗해야 하며, 모든 교육 주체들의 신뢰를 받아야 한다. 또 학생과 교사와 학부모를 자신의 친자식처럼 돌보아야 하며, 자신을 희생하여야 한다는 조건이 붙게 된다.

제대로 된 가부장적 교육이 되려면 모든 것을 결정하는 학교의 최고 어른은 자신의 이익을 모두 버려야 한다. 그렇지 않을 경우 모든 결정 권한을 쥐고 있는 최고 어른이 가장 부패하기 쉽다. 조선 말기 지방 관료들의 부패가 성행한 것에서 그 예를 볼 수 있다.

현대는 이러한 가부장적 교육을 받아들이기 어렵다. 과거처럼 교육 내용이 단순하지 않고, 이해관계가 복잡하게 얽혀있으며, 교육 비용도 많이 들기 때문에 누구 한사람이 모든 것을 결정하는 것을 나머지 사람들이 인정하기 어렵다. 조선의 시대정신이 온정적 가부장주의였다면 현대의 시대정신은 민주와 자율성이라고 말하는 것이 타당할 것이다.

학교 자율화를 주장하면서도, 모든 것을 결정할 권한을 가진 학교의 최고 어른으로 자신을 인정해주기 원하는 사람이 있을지 모른다. 이것은 자율의 의미를 제대로 이해하지 못하고, 최고 어른이 제멋대로 하는 것을 학교 자율화로 생각하기 때문이다.

진정한 학교 자율화는 교과부의 방침에 따라 모든 학교가 일사분란하게 움직이는 것도 아니고, 교육청의 지침에 따르는 것도 아니며, 학교장의 지시를 무조건 따르는 것도 아니다. 학교 자율화는 교육 주체인 학교 운영위원회의 올바른 결정을 지켜나가는 것이며, 교과부와 교육청은 단위 학교 학운위의 '합리적 결정'을 존중해줄 뿐만 아니라 더 훌륭한 결정을 위한 각종 지원을 아끼지 말아야 하는 것이 진정한 학교 자율화인 것이다. 그래서 교과부나 교육청이 학운위에 제재를 가하는 경우는 비합리적 결정이 이루어졌을 때 뿐일 것이다.

인천신문, 2008년 11월 25일자 / 인천시교육위원회 부의장

정규 교육과정 외 학습 선택권이 필요하다

교육감은 기회 있을 때마다 반강제적 야간 자율학습과 방과후 보충수업은 안한다며 현재 야간 자율학습과 보충수업은 모두 자발적 선택에 따른 것이라고 말해왔다. 하지만 학부모들의 말은 달랐다. 학부모들은 원하지 않는 반강제적 야간 자율학습과 보충수업 대신에 스스로 선택할 수 있게 해 줄 것을 필자에게 요구했다. 그래서 '정규 교육과정 외 학습 선택권 조례'를 만들려 하자 갑자기 교육감의 태도가 달라졌다.

교육감은 학습 선택권 조례를 거부하겠다는 신호를 언론을 통해 흘렸고, 일부 의원들도 학습 선택권 조례를 부결시키겠다고 공개적으로 선언했다. 위원회 소속 한 교육의원 역시 언론을 통해 "공부를 시키기 위해 강제성을 가져야 한다."고 주장했다. 즉 공부를 시키기 위해 '정규 교육과정 외 학습까지 강제'해야 한다는 것이다.

교육청과 학교가 학생과 학부모의 생각을 무시하고 정규 교육과정 외 학습에 대해 강제할 권리가 있는가? 밤늦게까지 학생들을 학교에 강제적으로 붙들어 두는 것이 윤리적으로 타당한가? 학생과 학부모란 이유로 아무런 선택권을 가지지 못하게 하는 것이 민주적인가?

필자는 교육이란 국영수 과목만을 반복 학습시키는 것이 아니라 생각한다. 저명한 교육 철학자 존 듀이의 교육론도 분명 그러하다. 설사 교육이 국영수란 과목에 국한된다는 억지 주장을 받아들일지라도 학교 성적을 올리기 위해 학교에 강제적으로 묶어 두는 것은 여전히 문제가 있다.

얼마 전 인천교육과학연구원이 인천의 학력을 올리기 위한 연구라며 9천만 원이라는 거금의 프로젝트를 수행했다. 터무니없는 내용과 실효성이 의심되는 이런 프로젝트에 인천시민의 혈세를 마구 낭비해도 되는지 분노가 일었다. 나중에 이 문제를 행정 감사 등에서 구체적으로 따지겠지만, 그 연구에서 유일하게 가치 있는 내용은 학습의 종류에 따른 신뢰도 조사였다.

그 연구에 의하면 '자녀가 공부를 잘하는 이유'란 설문조사에 대하여 '공교육의 도움 때문'이라는 것은 3.4%였고, '사교육 도움 때문'이라는 것이 9.1%였다. 사교육이 공교육보다 학습 효과가 더 좋다는 답변을 많이 했다. 이것이 신뢰할만한 연구라면 국영수를 가르치기 위해 학교에 강제로 붙드는 것 보다 학원이나 과외 등 사교육에 의존하는 것이 더 타당하다는 결론이 나온다.

성적을 올리기 위해 강제로라도 학교에 붙들어야 한다고 주장하는 사람들은, 차라리 교육청이 학원이나 과외 등 사교육에 교육 예산을 지원하는 것이 더 합당하다고 주장해야 할 것이다.

하지만 필자는 공교육이 살아야 된다고 생각한다. 학교가 국영수 성적만'을 높이는 곳이라 생각하지 않기 때문이다. 높은 국영수 성적으로 명문 대학에 가는 것만을 좋은 교육이라 생각하는 우리 교육의 아픈 현실을 극복하려면, 국영수 외에 정직하고 정의로운 삶과 같은 더 중요한 가치를 먼저 가르쳐야하고 올바른 인간 됨됨이를 바탕으로 국영수를 가르쳐야 한다.

우리 아이들이 아침부터 밤늦게까지 대학 입시에만 매몰되어 다양한 삶의 가치를 배우지 못해도, '수능만 잘 보면 괜찮다'라는 말인가. 더불어 살아가는 교훈을 배우지 못한 체 자신의 수능 성적만 높이면 된다는 이기심은 '수단과 방법을 가리지 않고 살아도 된다'는 잘못된 사회 의식을 갖게 할 수 있다.

아이들과 학부모들에게 정규 교육과정 외 학습에 대한 선택권을 주어야하는 이유는 명백하다. 우리 교육에 많은 문제가 있다는 것을 이해한다면 그 문제 있는 교육을 정규 교육과정 외까지 강제 연장해서는 안된다. 인천시교육청이 평생 아이들의 미래를 책임질 수 없다면, 학생과 학부모에게 자율적으로 선택할 권한을 주어야 한다.

그리하려면 아이들의 24시간 생활을 강제할 수 있다는 구시대의 권위적 교육정신을 버리고, 다양한 가치를 존중하는 교육철학으로 바뀌어야한다. 이러한 교육철학 없이, 흘러간 산업시대 교육 방식만을 계속 반복 고집하는 한 '바른 인성을 갖춘 창의적인 인재'를 육성할 수 없다. 지금, 인천교육에는 존 듀이의 민주적 교육정신이 필요한 것이다.

인천일보, 2011년 8월 12일자 / 인천시의원

1.9. 교육과 의무(1)
학교 운영 지원비 폐지되어야 한다

중학교 교육이 의무 교육으로 바뀐 이후 교육계에서는 학교 운영 지원비 폐지 논란이 있어 왔다. 학부모들과 교육단체를 중심으로 지속적인 문제가 제기되었고 납부 거부 운동과 반환 소송까지 있을 정도로 학교 운영 지원비에 대한 논란은 전국적으로 계속돼 왔다. 한동안 소강상태에 있던 학교 운영 지원비 징수 문제가 지역별 학교 운영 지원비 과다 편차로 인해 다시 여론의 도마 위에 올랐다.

하지만 여전히 중학생 자녀를 둔 대부분의 학부모들은 자신의 통장에서 매 분기마다 학교 급식비와 함께 학교 운영 지원비 명목으로 5만 원 정도가 빠져나가도 그저 수업료의 일부로 여기는 듯하다.

학교 운영 지원비가 무엇이고, 왜 내야하는지, 또 어디에 쓰이는지 관심을 기울이고 제대로 알고 있는 학부모들은 얼마 없는 것 같다. 학교 운영 지원비란 무엇이고, 그동안 왜 폐지 논란이 끊이지 않는 것일까.

우리나라 헌법 31조 3항에는 '의무 교육은 무상으로 한다'고 명시돼 있다. 결론부터 말하자면 중학교 교육은 의무 교육이므로 학교 운영 지원비는 폐지되어야 맞는 것이다. 우리나라의 중학교 의무 교육은 2002년 시작되었다. 의무 교육이라 함은 학부모로서 자녀를 중학교까지 의무적으로 보내야 한다는 것을 의미한다. 학부모에게 자녀를 학교에 보낼 의무가 주어지는 반면에 국가는 학부모가 맡긴 자녀를 중학교까지 무상으로 교육할 책임이 있는 것이다.

물론 초등학교처럼 학교 운영과 교육 과정에 대한 일체의 교육비 부담을 국가가 진다는 의미다. 결국 현재 중학생 자녀를 둔 학부모가 부담하는 학교 운영 지원비는 국가가 부담할 교육비를 학부모가 일부 부담하는 것과 같다. 그래서 학교 운영 지원비 폐지 논란이 중학교 의무 교육이 시작된 이후 계속되고 있는 것이다.

그러나 중앙 정부나 교육당국은 부족한 교육 재정과 학교 교육비 보전을 위해, 학부모에게 부담을 일부 전가할 수밖에 없다는 입장이다. 학교 운영 지원비는 보통 학교의 일반회계에 함께 편성되어 교원 연구비나 회계 직원, 일용직 인건비 등 학교 운영비로 충당되고 있다. 앞서 말한 대로 중학교는 의무 교육이기 때문에 학교 운영 지원비는 빠른 시일 내에 폐지되어야 한다. 정부는 교육 재정 부족을 이유로 들고 있지만 필자가 보기에는 교육 재정을 조금만 늘려도 학교 운영 지원비 폐지는 얼마든지 가능하다고 본다.

인천 지역의 경우 최근 5년 간의 중학교 학교 운영 지원비 징수 총액을 보면 2004년 199억 원, 2005년 217억 원, 2006년 237억 원, 2007년 234억 원, 지난해 229억 원으로 전체 인천 교육 재정의 약 1%에 해당

된다. 즉 중앙정부나 교육청이 조금만 교육 재정 확보에 더 노력하면 허리가 휠 정도로 힘든 학부모들의 교육비 부담을 덜고 의무 교육 취지에 맞게 교육을 시킬 수 있는 것이다.

중학교 교육이 의무 교육이라 국가가 무상으로 교육시켜야 함에도 불구하고, 학부모가 일부 부담하는 상황에서 지역·학교별로 학교 운영 지원비가 크게 차이가 나는 것은 또 다른 문제가 아닐 수 없다. 최근 인천 지역 학교 운영 지원비가 지역 교육청별로 큰 격차를 보여 문제로 지적되었는데 시급히 조정이 필요하다. 한 지역은 분기별로 평균 4만 5천 원인 반면, 한 지역은 5만 5천 원으로 분기마다 1만 원씩 학생 1인당 연간 4만 원 이상 더 낸 셈이다.

필자가 이 문제에 대해 여러 차례 해당 지역교육청과 시교육청에 문제를 제기했지만 시정이 되지 않았었다. 단지 학교 운영 지원비는 학교가 학교운영위원회 심의를 거쳐 자율적으로 결정한 사항이라는 답변만 계속하였고, 최근에야 관내 각급 학교에 동결 및 인하 협조 공문을 보냈다. 하지만 학교의 자발적인 인하 노력없이는 결과를 예측하기 힘들다.

중앙 정부와 시교육청은 현재 가장 큰 사회 문제 중 하나인 저출산의 원인이 자녀 교육비 부담이라는 것을 잘 알고 있을 것이다. 각종 사교육비 경감정책을 남발하기에 앞서 국가가 책임져야할 의무 교육인 중학교 학교 운영 지원비 폐지를 먼저 검토하는 것이 실질적으로 조금이나마 학부모 교육비 부담을 덜어 주는 것이다.

인천신문, 2009년 12월 8일자 / 인천시교육위원회 부의장

중학교 학교 운영 지원비 폐지의 의미

지난해 10월 인천시와 시교육청은 인천 교육 발전을 위해 상호 협력한다는 내용의 4대 협약(MOU)을 체결했다. '학력 향상 선도학교 운영', '무상 급식 단계별 실시', '대안학교 설립', '중학교 학교 운영 지원비 지원' 등이다. 이는 송영길 시장과 나근형 교육감의 교육 분야 공약 중 공통 공약을 실천하기 위한 방안으로 보인다.

시와 시교육청은 학교 운영 지원비에 대해 올해 중학교 1학년 지원을 시작으로 2013년 중학교 3학년까지 연차적으로 지원을 확대해 나간다는 입장이다. 2002년 중학교 의무 교육이 도입된 이후 10년이 지나서야 내려진 결정이지만 그나마 다행이라 여겨진다. 우리나라 헌법 제31조 3항에는 '의무 교육은 무상으로 한다'고 명시돼 있고, 중학교 교육은 의무 교육이므로 중학교 학교 운영 지원비는 폐지되는 게 당연한 것이다.

의무 교육이란 부모에게는 자녀를 중학교까지 교육시킬 의무가 있다는 것을 의미한다. 부모에게 자녀를 중학교까지 교육시킬 의무가 주어지는 반면에 국가는 양육권자인 부모가 맡긴 자녀를 중학교까지 무상으로 교육할 책임을 지는 것이다.

한동안 일부 학부모들을 중심으로 중학교 학교 운영 지원비 납부 거부 운동이 거세게 일기도 했고 반환 소송까지 할 정도로 논란이 끊이지 않았다. 이제는 학부모들 사이에 중학교 의무 교육을 위해 학부모가 학교 운영 지원비를 내는 것은 문제가 있다는 인식이 많이 생겨났다.

하지만 그동안 대부분의 학부모들은 학기초에 자녀의 학교 급식비 자동 출금 동의와 함께 자신의 통장에서 학교 운영 지원비 명목으로 분기별로 5만 원가량이 출금되어도 그저 수업료의 일부를 내는 것 정도로 대수롭지 않게 여겨온 경우가 많았다. 학교 운영 지원비가 무엇인지, 왜 내야 하는지, 어디에 사용되는지 제대로 아는 학부모들은 별로 많지 않았던 것이다.

학교 운영 지원비는 그동안 '사친회비', '기성회비', '육성회비'라 일컬어지다 1996년 학교운영위원회가 생기면서 명칭이 바뀐 것이다. '단위 학교의 학교운영위원회에서 학교 운영 지원비를 징수할 수 있다'(초중등교육법 제32조 1항 7호)는 법적 근거가 있다지만, '의무 교육은 무상으로 한다'는 상위법과의 충돌로 폐지 논란이 끊이지 않았던 것이다.

학교 운영 지원비는 보통, 학교의 일반회계에 함께 편성되어 교원 연구비나 회계 직원, 일용직 인건비 등 학교 운영비로 사용돼 왔다. 인천의 경우 연간 중학생 1인당 약 20만 원이고, 2013년 중3까지 지원하는데 약 227억 원이 소요될 것으로 본다. 이는 인천교육 재정의 약 1%에 해당된다. 중앙정부나 시교육청이 의무 교육의 취지를 실현하려는 의지를 갖고 교육 재정을 조금만 더 확충한다면 학부모에게 연간 20만 원의 경제적 부담을 지우지 않고도 완전한 의미의 중학교 의무 교육을 실현해 갈 수 있는 것이다.

최근 인천뿐만 아니라 전국 16개 시·도교육청들도 나름대로 중학교 학교 운영 지원비 지원을 확대해 나가려는 추세이다. 중앙정부는 시·도교육청이 알아서 할 일인 것처럼 소극적으로 수수방관하지 말고 보다 적극적으로 나서야 한다.

중앙정부나 시·도교육청은 학교 운영 지원비에 대한 명확한 입장을 갖고 근본적인 폐지를 위해 재원을 마련해야 한다. 학교 운영 지원비 완전 폐지야말로 학부모의 교육비 경감을 위한 그 어느 것보다 우선되어야 할 정책이다.

경인일보, 2011년 2월 10일자 / 인천시의원

1.11. 교육과 창의성(1)
교육 방식의 변화 필요하다

지난 제50회 국제수학올림피아드에서 한국은 금메달 3개, 은메달 3개로 지난해에 이어 종합 4위를 차지했다. 1위는 중국, 2위는 일본이었다.

이에 대해 많은 사람들은 '수학의 위기'라는 표현으로 우리 교육의 문제점을 지적했다. 이들은 "단순히 답을 산출해 내는 교육은 산수 교육일 뿐 수학 교육이 아니다"라고 말한다. 또 "현재 우리나라 수학 교육은 '수학'이라는 학문을 가르치는 것이 아니라 '수학 기능을 연마시키는 기능인 양성'에 목적을 둔 것처럼 보인다"라는 지적도 했다.

이것은 구구단을 달달 외우기는 해도 구구단의 의미를 제대로 이해하지 못할 때 산수는 해도 수학은 못한다는 의미와 같은 것이다. 우리 교육은 수학만 그러한 것이 아니고 다른 과목에서도 비슷한 모습을 보이고 있다. 심지어 우리 교육은 초등학교에서부터 대학 입시에 종속되어 교육 과정과 교육 환경이 변질돼 가고 있다.

이같은 입시 위주의 교육 환경에선 유연한 사고력에 기초한 문제 해결 능력을 길러주기 어렵고, 다양하고 독특한 문제 해결 방법에 대한 평가를 허용하는 것도 쉽지 않다. 오로지 '하나의 문제 풀이'와 '하나의 정답'만을 요구하는 방식이 대학 입시에 더 적합한 것으로 받아들여질 수밖에 없기 때문이다. 이는 새로운 문제 해결 방법을 찾는 능력을 키우지 못하고, 이미 알려진 문제의 정답만을 반복해서 외우게 하는 능력만 키우는 것이다.

교육의 여러 목적 중 하나가 국가 미래 발전을 도모하는 것이라면 교육의 내용과 방법도 그 목적에 적합해야 한다. 우리나라가 미래에 직면할 수많은 문제를 해결하기 위해선 이미 알려진 문제의 정답만을 교육하고 반복해선 안 된다. 정답이 알려지지 않았거나 정답이 여러 개일 수 있는 많은 문제에 대한 다양한 방식의 접근과 해결 방법을 제시할 수 있어야 한다.

그러기 위해선 구구단을 달달 외우는 능력을 뛰어 넘어 거기에 담긴 추상적 개념, 기존과 다른 방식의 문제 풀이에 대한 허용, 이에 따른 칭찬과 보상이 필요한 것이다. 주어진 문제에 대한 '다른 이해'와 '다른 문제 풀이'의 과감한 허용은 유연한 사고와 다양한 교육 방식을 필요로 한다. 그러기 위해서는 교육 당국은 물론 일선 교사에 이르기까지 기존의 틀에 박힌 교육 방식과 고정 관념에서 벗어나서 좀 더 유연해질 필요가 있는 것이다.

그리고 다른 이해와 다른 문제 풀이에 대한 보상을 어떻게 할 것인지는 교육 문제만이 아닌 사회 전반적인 관점에서 함께 고민해야 한다. 다른 이해와 문제 풀이에 대한 보상은, 새로운 형태의 학교 성적 평가로 나타날 수 있고, 새로운 입시 제도라는 형태로 변화되어 나타날 수도 있다.

또 회사에서 신입 사원을 뽑을 경우 학맥과 인맥이 여전히 많은 영향을 주는 고질적인 사회 문제의 개선이라는 형태로 나타날 수도 있을 것이다. 결국 새로운 문제 풀이를 이상한 시각으로 보는 현 교육 체계를 개선해야 할 뿐만 아니라, 문제 풀이에 대한 현행의 단순화된 보상 체계를 좀 더 다양한 형태로 변화시킬 필요가 있는 것이다.

이러한 변화는 현재 문제가 되고 있는 학연, 지연, 단답형, 한 가지 정답 찾기 등의 한계를 극복하기 위한 대안에서 부터 시작될 것이다. '교육은 백년지대계'라는 말에서 알 수 있듯이, 교육은 개인의 성장뿐 아니라 미래 국가 발전을 위해서도 매우 중요하다.

따라서 현행 교육 방식의 문제에 대한 진지한 성찰과 반성을 바탕으로 한 변화가 생긴다면, 우리의 미래를 좀더 발전적으로 바꾸는 중요한 역할을 하게 될 것이다. 더 늦기 전에 더 나은 교육 방식을 찾아내고 변화시켜, 한국을 뛰어 넘어 세계를 빛낼 우수 교육을 만들어 가야 할 것이다.

인천일보, 2009년 11월 05일자 / 인천시교육위원회 부의장

1.12. 교육과 창의성(2)
에세이 훈련을 위해 필요한 것

특목고를 졸업하고 미국의 유명 대학으로 유학 간 우리나라 학생들이 적응하지 못하고 중도 탈락하는 경우가 많다고 한다. 그 원인 중 하나가 '에세이' 훈련 부족이라고 한다. 에세이를 쓰는 것은 하나의 창작이다.

창작은 자신이 알고 있는 지식을 새롭게 정리하여 나름대로 독창적인 생각을 표현하는 일이다. 에세이를 잘 쓰기 위해서는 '기초적인 지식'이 있어야 함은 물론이고 그 지식을 이용하여 '논리적으로 추론'하여, 기존과는 다른 새로운 관점에서 서술해야 한다.

왜 우리 교육에서 에세이 훈련 부족 현상이 벌어진 것일까. 그것은 주입식 교육 방식이 조선 시대 이후로 지금까지 지속되어 왔기 때문이다. 조선 시대 교육의 특징 중 하나가 주입식이다. 훈장 선생님이 천자문을 말하면 아이들은 그것을 달달 외운다. 잘 외우는 학생은 공부를 잘하는 학생이고, 그것을 '왜' 외우는지를 질문하는 학생은 어리석은 학생이다.

선생님을 능가하는 학생은 '선생님의 생각 밖의 생각'을 하게 된다. 이러한 학생들의 자유로운 사고를 허용하고 격려해 주기 위해서는, 선생님들 스스로가 유연한 사고를 가져야 한다. 선생님이 원하는 '생각이나 정답'과 다른 '생각과 답'을 하는 학생을 관대하게 허용하고 지켜보아야 한다.

에세이 교육은 기존 교육 방식으로 무장된 교사에게는 고통스러운 교육 방법일지 모른다. 선생님들 자신이 훈련받은 것과는 다른 방식이기 때문이다. 하지만 주입식 교육의 지속된 관성을 중단시키기 위해, 자신이 배운 교육 방식을 극복해야만 하는 고통을 견디어야 한다. 이러한 고통이 오늘날 교사에게 주어진 고통스럽고도 성스러운 임무일지도 모르겠다.

에세이를 가르치기 위해서는 교사만의 노력으로는 부족하다. 대학교 시험이 단답과 정답만을 원하는 방식으로 지속되면, 중고교에서 대학 입시와 거리가 멀어 보이는 에세이를 가르치는 교사를 학부모들이 용납하지 않을 것이기 때문이다.

대학의 노력도 필요하다. 대학도 정답만을 요구할 것이 아니라 논리적 답이나 창의적이고 새로운 시각도 요구해야 한다. 이러기 위해서는 아마도 대학 교육도 마찬가지로 주입식 교육에서 벗어나야 가능할 것이다.

창의성을 요구하는 교육 방식으로 바꾸기 위해서는 교육의 악순환 고리를 어떤 지점에서든 끊어야 한다. 그러기 위해 누군가는 주입식 교육의 문제점에 대한 목소리를 높여야하고, 이로부터 벗어나기 위한 노력을 해야 한다. 기존 교육 방식에서 벗어나는 것을 두려워한 나머지, 그저 지금의 자리에 주저앉고 싶어하는 사람들의 비관적 생각에서 나오는 막연한 '주입식 교육 비판'에 대한 비난도 극복해야 할 것이다.

우리나라 교육 역사에서 관성적으로 반복된 주입식 교육을 벗어나는 것은 쉬운 일이 아니다. 하지만 어렵다고 주저앉아 있을 수는 없다. 이대로 있으면 절대로 일류국가가 될 수 없다.

학생들의 생각에 날개를 달아 주어야 한다. 어른들이 모르는 낯선 세계로 훨훨 날아갈 수 있도록 활짝 문을 열어주어야 한다. 그러기 위해서는 교과부와 교육청, 학부모와 교사 모두가 마음의 문을 함께 열어야 한다.

경인일보, 2008년 12월 10일자 / 인천시교육위원회 부의장

1.13. 교육과 다문화 시대
다문화 교육 왜 중요한가

2007년 국제 결혼은 농촌 13.5%, 도시가 7.3%이며, 농림 어업 종사 남성의 경우 외국인 여성과의 혼인은 40%에 달한다. 그리고 90일 이상 장기체류 노동자는 76만 명이 되었다. 전 국민의 약 2%에 해당된다. 다문화 문제가 시작된 것이다.

다문화 문제 연구를 보면 독일은 1960년부터 노령화 사회를 예견하여 터키 등의 외국인 노동자를 불러들여 국가 차원의 생산력으로 삼았다. 하지만 그런 조치가 게르만 민족주의와 갈등을 만들어 외국 노동자 출신 사람들에 대한 테러와 폭력이 빈발하게 되었다. 또한 기독교 기반의 독일과 이슬람 기반의 터키 이민자들 간의 문화 차이가 갈등의 중요한 요소가 되었다.

이제 우리도 유사한 과정이 나타날 것이다. 우리나라도 노령화 사회에 접어들어 생산 인구가 감소되며 3D 업종에서부터 외국인 노동자의 자연스런 유입이 지속되고 있다. 또한 농촌 젊은 여성 부족이 외국인 신부와의 결혼으로 이어지게 하고 있다. 그리하여 점차 유입된 국가 혹은 문화별 타운이 형성되고 있다. 이런 상황은 이미 서양 국가들이 경험하였던 문화적 충돌과 갈등이 약 20년 후부터 우리에게 발생할 수 있음을 예측하게 해준다.

다문화 국가에서 발생하는 문화적 충돌을 해소하기 위한 정책 대안들은 다른 나라의 문화를 동질의 가치로 인식하는 '다문화 공생주의'와 더불어 하나의 문화로 다문화를 통합하고자 하는 '문화적 국민주의' 등이 있다. 하지만 이런 대안들도 완벽한 해결책이 될 수는 없다.

'다문화 공생주의'는 일본, 호주, 캐나다 등이 채택해 문화의 공존이라는 아름다운 이상을 추구하였지만 현실적 문제에 부딪혀 좌초하고 있다. '문화의 공존' 이면에 '문화의 고립'이 발생한다. 문화 고립은 인종 및 민족적 갈등을 증폭시켜 폭력적 형태로 나타나고 있다.

문화 통합을 통해 '문화적 국민주의'를 추구하는 방식으로 사회 통합을 이루고자 하는 경우에도 문제는 있다. 즉 무리한 통합 정책은 갈등을 만든다. 통합의 극단적 예를 들면, 일본 제국주의 시대에 우리가 경험한 바, 일제는 말과 이름조차 자신의 문화 방식으로 강제하여 우리에게 크나큰 고통을 안겨주었다.

결국 다문화 사회의 갈등 해소 목표를 다문화 공생주의나 문화적 국민주의라는 경직되고 극단적 이상 추구보다는, '최소한의 갈등'을 만들겠다는 현실적 목표를 세우고 현실적 경험을 바탕에 둔 유연한 정책 변화가 필요할지 모른다.

오랫동안 자기 문화에 익숙해진 어른은 다른 문화에 대해 혼란과 갈등을 느끼기 쉽지만 아이들은 다르다. 아이들은 모든 문화에 쉽게 익숙해질 수 있는 채워지지 않은 그릇이다. 따라서 20년 후 문화 충돌로 인한 갈등을 줄이기 위해 아이들 교육부터 살펴보아야 한다.

서양이 이미 경험한 다문화 갈등을 겪지 않고 글로벌 시대의 다문화 충격을 이겨내려면 당장 필요한 다문화 이해 정책과 더불어 백년대계로서의 다문화 교육 정책 개발이 절실하다.

지금부터 준비해야 한다.

인천일보, 2010년 9월 2일자 / 인천시의원

2.1. 아이들에게 창의성의 날개를 달아주자 2.2. 수험생 모두에게 박수를 2.3. 방학마저 빼앗으려 하는가 2.4. 영혼 없는(?) 아이들 2.5. 4월은 가장 잔인한 달 2.6. 막장 졸업 뒤풀이가 남긴 과제 2.7. 위기의 아이들에 관심을 2.8. 대안학교 체계적인 지원 필요하다 2.9. 위기의 청소년 따뜻하게 보듬는 대안학교로 거듭나야 2.10. '두발 자유화 갈등' 이렇게 풀어보자 2.11. 학생 인터넷 중독 대안 마련 절실 2.12. 초중고교생 정신 질환 철저히 관리하자

2 아이들,

모든 아이들은 특별하다.

2.1. 아이들과 창의성
아이들에게 창의성의 날개를 달아주자

창의성은 거의 모든 나라의 교육 정책에서 빠지지 않는 메뉴이다. 창의성을 통해 신기술이 만들어진다. 신기술은 현대 기술 사회의 중요한 힘이 된다. 신기술의 좋은 예가 BT, IT, 나노, 뇌과학 등일 것이다. 처음에는 각기 발전하던 이 기술들이 이제는 점차 하나로 융합되기 시작하고 우리의 일반적 상상을 넘어 발전하기 시작했다. 대부분의 선진국들은 이러한 기술 개발에 많은 비용을 투자하기 시작했다.

그래서 우리나라도 다른 선진국들과의 기술 경쟁에 이기기 위해 더욱 창의성을 강조하는 교육이 필요하게 됐다. 창의성을 키우는 것이 교육의 전부는 아니지만 점차 교육에서 차지하는 비중이 커질 수밖에 없는 국제적 환경이 조성되고 있다.

창의성은 남들이 생각하지 못하는 것을 생각하는 것이고 남들이 틀렸다고 생각하는 것을 새롭게 조명하는 것이다. 따라서 창의성은 자유로운 사고에서 나올 수 있는 것이며, 기존 학문에 비판적 성향을 가진 사고에서 나오기 쉬운 것이다.

기존 학문적 사고의 틀을 지나치게 강조한 나머지 그 틀을 벗어난 생각이나 학문적 태도를 비윤리적인 것으로 취급해 관심을 가지고 인정하거나 살펴주지 않는다면, 창의성은 자랄 수 없을 것이다. 그렇다고 창의성에 필요한 자유로운 환경을 지나치게 강조해 창의성과 방임적 환경을 연결시켜서는 곤란하다.

창의성을 키우기 위해서는 교육 방법이 가장 중요하다. 창의성 교육은 정해진 답을 구하는 것이 아니라 동일한 문제에 대한 새로운 해결 방법을 생각해내려는 아이들의 주장을 인내심 있게 들어줄 때 가능하다. 즉 교사의 역할은 정답을 가르쳐주기 보다 문제를 꺼내는 것이며 아이들의 각기 다른 문제 해결 방법을 검토하고 격려해 주는 것이다.

예를 들면 영어와 같은 외국어를 배우는 과정에서 새로운 문화를 배운다면 창의적 교육에 도움이 되고, 수학 문제를 풀면서 새로운 시각으로 생각하는 힘을 기를 수 있다. 하지만 누가 단어를 많이 외우고 있는지를 단순 평가하거나 누가 빠른 시간에 많은 문제를 푸는 가를 평가하는 것은 창의성과는 거리가 먼 것이다.

지금 우리의 교육은 어떠한가. 누가 더 빠르게 문제를 푸는지, 더 많은 단어를 외우고 있는지만 평가하는 것은 아닌가. 대입과 수능 성적에 종속될 수 밖에 없는 현실적 한계 때문에 우리 교육은 창의성을 중요시 하기보다 단순 기계적 반복 학습만을 하고 있는지 모른다. 하지만 미래의 지속 가능한 국가 발전은 결국 창의성 교육에 의해 판가름 날 것이다.

이제는 세계적으로 보기 드문 우리의 교육열이 비생산적으로 낭비되고 있지는 않은지 되돌아봐야 한다. 지나치다 싶을 정도의 교육열이 앞으로 몇 세대나 지속될지 알 수 없다. 교육에 대한 부모들의 열기가 식고, 교육을 무조건 국가에 의존하는 시대가 오기 전에 교육의 틀을 개선시켜야 한다.

지나치게 관료화된 교육 체계로 인해 창의적인 교육 환경을 만들기 위해 노력하는 현장 교사들의 의지를 억누르는 것은 아닌지 살펴보아야 한다. 창의적 교육은 오로지 상관의 명령에 따라 시키는 대로만 하거나, 새로운 교육 시도를 금기시하여 과거의 의식과 관성에 따르게 하는 기존의 관료화된 교육 환경에서는 자랄 수 없다.

지방교육자치 시대라고 하지만 교과부는 항상 시·도교육청 위에 군림하고, 학교 자율화를 강조하면서도 학교는 여전히 교육감 말 한마디나 교육청 공문에 따라 움직일 수 밖에 없는 상명하복식 관료적 교육 체계 속에 놓여있다. 이같은 상황에서 창의성 교육을 기대하는 것은 마치 사막 한가운데서 아름다운 꽃이 피기를 기대하는 것과 같을 것이다.

아이들과 학부모들의 의식과 세계는 하루가 다르게 변화하고 있는데, 우리의 교육 체계는 여전히 저 먼 과거에 머물고 있는 것 같아 안타깝다. 더 늦기 전에 어른의 사고보다 훨씬 더 유연하고 다양한 잠재 능력을 지닌 우리 아이들에게 창의성이란 날개를 달아주어 더 높게 더 멀리 세상을 향해 날게 해야 한다.

인천신문, 2010년 11월 18일자 / 인천시의원

2.2. 아이들과 수능
수험생 모두에게 박수를

오늘은 2007년 대학수학능력시험일이다. 초 · 중 · 고 12년 동안 수험생들은 학교와 학원에서 밤낮없이 공부하며 대입 준비에 온힘을 쏟아 왔으리라 생각한다. 오늘 최선을 다해 갈고 닦은 실력을 유감없이 발휘하기를 간절히 바란다.

그동안 몇 차례 대입제도가 바뀌어 수시 모집과 특별 전형으로 일부 학생을 미리 선발해 수능시험의 비중이 다소 줄어들긴 했지만, 여전히 대학수학능력시험은 우리의 삶 전반에 영향을 주는 매우 중요한 시험임에 틀림없다.

오늘 저녁이면 어떤 수험생은 만족해 웃겠지만, 어떤 수험생은 하늘이 노랗게 보이며 온몸에 기운이 빠지고 다리가 후들거리는 경험을 할지도 모른다. 어쩌면 시험을 망친 자신을 자책하며 세상의 모든 희망이 사라져 버린 것처럼 느낄지도 모른다.

필자 역시 20여 년 전, 지금의 수능인 '학력고사'를 망친 후 집에 돌아오는 버스에서 하염없이 눈물을 흘렸다. 그 순간 세상에서 가장 불행한 사람으로 느껴졌다. 그동안 쏟은 모든 노력이 물거품이 된 것처럼 허망하게 다가왔고 죽고 싶은 심정이었다.

최근 몇 년간 수능시험을 전후해 자살하는 학생 수가 증가하고 있다. 수험생을 자살에 이르게 만드는 사회 풍토와 학벌에 대한 왜곡된 사회의식은 이제 바뀌어야 한다. 이러한 현실을 안타깝게 생각하며, 인생의 선배이자 우리 아이들의 행복한 교육 환경을 위해 활동하는 사람으로서 부족하지만 몇 마디 조언을 전해주고 싶다.

결론부터 말하자면, 여러분들이 오늘 시험을 잘 봤다면 진심으로 축하할 일이다. 하지만 자신이 생각한 것 보다 점수가 안 나왔거나 설령 실패를 했다 할지라도 좌절하거나 낙심하지 않기 바란다. 우리의 인생 길에는 굽이 굽이 여러 고비와 관문이 있고, 인생의 출발점에 서있는 수험생들은 그 중 하나의 관문인 '수능'을 이제 막 지나고 있을 뿐이다. 다시 말해 대학수학능력시험이 인생의 전부가 아니라는 점을 기억하기 바란다.

우리나라와 같이 대학이 서열화 되어 있고 소위 명문대 진학이 탄탄한 인생 성공을 담보한다고 생각하는 현실에서 필자의 말이 비현실적이고 황당하게 들릴지 모른다. 어쩌면 좋은 대학 입학과 빛나는 학벌이 더 편안하고 풍요로운 삶을 보장하는 첩경일 수도 있다.

하지만 불행하게도 극소수 학생만이 소위 명문대 입학 티켓을 따낼 수 있다. 그렇다고 그렇지 못한 대부분의 학생들을 인생의 실패자로 보거나 평생을 불행하게 살아가게 된다고 단정할 수 없고, 전혀 그렇지 않다.

수능시험 한 번에 인생의 성패와 희비가 갈리어 인생이 끝났다고 믿고 좌절하기엔 우리 수험생들의 남은 삶이 너무나 길다. 여러분들이 설사 이번 시험을 망쳤다 할지라도 최선을 다한 열정과 자신에 대한 애정을 포기하지 않는다면 여러분에게는 앞으로 보다 나은 삶의 목표와 함께 자신을 발전시킬 수 있는 기회가 얼마든지 찾아올 것이다. 세상은 시험지 몇 장으로 다 풀 수 없을 만큼 넓고 크고 오묘하기 때문이다.

유명한 위인들의 경험을 살펴보면 학창 시절에 그들의 능력을 제대로 발휘하지 못했지만 포기하지 않고 노력해 세상에 커다란 공헌을 하게 된 경우가 많다. 그들은 학창 시절의 실패가 성공의 결정적인 밑거름이 됐다고 고백하고 있다. 어차피 인생은 성공보다 실패가 더 많은 것이 사실이다. 실패는 성공의 스승이기에 한번 실패를 영원한 실패로 받아들이지 않고 성공을 위한 하나의 계기로 생각해야 할 것이다.

오늘 대학수학능력시험을 치른 모든 수험생들에게 힘찬 박수를 보낸다.

경인일보 NGO, 2006년 11월 16일자 / 참교육학부모회 인천지부장

2.3. 아이들과 주입식 교육(1)
방학마저 빼앗으려 하는가

"못살겠다는 아이를 위해 교육청 홈피까지 들어와 글 남깁니다. 대체, 아이들을 살리겠다는 것인지 숨통을 막겠다는 것인지 뭐하시는 것입니까. 이럴 시간 있으면 학교 폭력 예방이나 더 고민해주세요!",

"방학 후 시험보면 방학 또한 지옥이 될 거란 생각 안 해보셨습니까. 정말 우리 아이들 학기 중에는 학교다 학원이다 너무 불쌍하고 안타깝습니다. 그나마 있는 방학마저 빼앗아 가면 아이들이 버틸 수 있다고 생각하세요?"

이상은 인천시교육청이 '방학 후 기말고사'를 골자로 하는 일명 '학사 일정 선진화 방안'을 추진하는 것에 분노한 학생, 학부모들이 지난 1월 교육청 홈페이지에 올린 수많은 반대글 중 일부이다.

시교육청은 올해부터 시행되는 주5일 수업제 전면 실시에 따른 학사 일정 안정 지원, 방학과 주말 등 공교육 기능 축소 기간에 이루어지는 소득 계층별 자기주도학습 기회 불균형으로 인한 학력 격차 해소 지원, 방학 중 학습 습관 유지, 저소득 가정 학생의 방학 중 공교육 학습 지원 공백으로 나타나는 학부모의 학습 선택권 제한 문제 해결 등을 이 정책 추진 이유로 들고 있다.

시교육청은 이번 '학사일정 선진화 방안'을 위해 지난 2007년에서 2009년 사이 5개 중·고교를 '방학 후 기말고사 연구 시범 학교'로 운영한 바 있다. 그런데 그 결과는 예상했던 대로 대부분 부정적이었다. 그러함에도 교육청은 그 연구 결과를 무시한 채 계속 추진하려는 무모함을 보이고 있다.

연구 결과를 보면 이번 정책의 도입 목적과 취지를 무색케 할 정도로 완전히 부정적인 결과만 나타났다. 즉, 시범 실시한 A고의 경우 '방학 후 기말고사와 국영수 학업 성취도 향상 상관 관계'에서 '성적이 올랐다'는 4.4%, '떨어졌다' 50.1%, '변화 없다' 15.5%로 95.6% 학생들의 국영수 성적이 방학 후 기말고사 실시로 떨어졌거나 변화가 없다고 했다.

'방학 중 학생들의 학습 태도 변화'에 대해서는 19.6%의 학생만이 방학 후 기말고사 계획을 세워 공부한다고 했고, 63.7%의 학생은 '별로 신경 쓰지 않는다'고 답했다.

B고의 경우 '방학 후 기말고사가 학업 향상에 도움을 줬는가'라는 설문에 '그렇다'가 2.53%, '그저 그렇다' 16.16%, '전혀 도움이 되지 않았다'가 81.31%로 나타났다.

교사나 학부모 설문에서도 방학 후 기말고사 실시에 찬성보다는 반대나 부정적인 답변이 월등히 높았다.

즉, 5개 학교의 연구 시범 결과를 종합해 보면 방학 후 기말고사 실시는 전면 확대해서는 안되는 실패한 정책인 것이다. 교육청이 도입 목적으로 내세운 방학 중 학생들의 자기주도적 학습 습관 유지, 학력 향상, 계층 간 학력 격차 해소, 학생·교사·학부모 만족도 어느 하나도 충족시키지 못했다. 교육적 타당성이나 확대 실시 명분 역시 전혀 발견할 수 없다.

새해 벽두에 교육청이 인천교육발전 방안 1호로 내세운 것이 고작 '아이들의 방학 빼앗기', '입시지옥 몰아넣기', '사교육비 증가 프로젝트'란 말인가. 그것도 연구 시범 결과까지 무시해 가면서…….

학생들에게 방학은 어떤 의미이고 교육 과정상 방학을 하는 이유는 무엇인가. 방학은 한 학기의 교육 과정을 마치고 잠시의 휴식과 함께 스스로 부족한 과목을 보충하거나 학기 중 할 수 없었던 다양한 체험 학습, 가족과의 유대 강화, 독서, 문화 체험, 봉사 등 학교 교육 못지않게 중요한 다양한 것들을 할 수 있는 기간이다.

시교육청이 교육의 본질을 망각한 것이 아니고서는 이런 말도 안되는 탁상 행정을 추진할 수 없다. 지금이라도 방학 후 기말고사 실시 계획을 전면 재검토해 철회해야 한다. 그렇지 않으면 돌이킬 수 없는 희생과 대가를 치루게 될 것이다.

인천일보, 2012년 2월 13일자 / 인천시의원

영혼 없는(?) 아이들

우리의 아이들은 너무나 피곤하다. 초등학교부터 고등학교까지, 이른 아침부터 캄캄해질 때까지, 자신의 삶의 의미를 제대로 돌아볼 틈도 없이, '오직 공부해야만 한다'는 주변의 반복적인 말에 복종하면서 다람쥐 쳇바퀴 돌 듯, 학교와 학원을 오간다.

그러한 자신의 모습을 운명인양 억지로 받아들이지만, 그것이 왜 자신의 삶이어야 하고 목표가 되어야 하는지 진정으로 이해하지 못한다. 대부분의 아이들에게 왜 열심히 공부해야 하는지 물어보면 당황하게 될지 모른다.

아마도 자신들의 그러한 삶이 스스로의 결정이 아니라 어른들에 의해 강요된 측면이 크기 때문일 것이다. 이러한 답답한 현실의 원인은 아이들에게 있는 것이 아니라, 아이들에게 공부의 중요성만을 강조하는 어른들에게 있다.

유교 사회인 조선 시대가 역사의 뒤안길로 사라지고 새로운 시대를 맞이했지만 아직도 우리 사회는 상당 부분 유교적 가치 체계에 의존하고 있다. 사회의 도덕성 판별이 유교적 가치에 따르고, 개인주의적 삶보다는 공동체적 삶을 더욱 중시하는 점을 살펴보면, 더욱 그러하다는 것을 알 수 있다. 좀 더 엄밀히 살펴보면, 우리 사회는 유교적 가치와 서구적 가치가 혼재된 사회로 보는 것이 타당하다.

비교적 유교적 정신 세계에 속한 어른들은 사회적 성공과 안락한 삶을 위해 필수적인 것이 '학력' 또는 '학벌'임을 경험했다. 저학력의 고통을 뼈저리게 느끼면서 자녀들에게는 그러한 고통을 물려주지 않겠노라 수없이 다짐했을지도 모른다.

그래서 아이들이 좋은 학벌을 획득하도록 아침부터 밤늦게까지 공부의 세계로 밀어 넣으며, 그것이 자녀들을 위한 가장 좋은 방법임을 아이들에게 얘기한다. 피땀 흘려 번 수입 중 대부분을 자녀 교육비로 아낌없이 쏟아붓고도 좀 더 투자할 여력이 없는지 고민한다. 엄청난 교육비를 감당하는 것이 마치 훌륭한 부모로서의 역할을 다하는 것처럼 여기게 된다.

이처럼 자신의 영혼을 돌아보지 않고 살아가는 '피곤한 아이들과 부모들'은 결코 만날 수 없는 서로 다른 가치 세계를 달려가고 있다.

엄청난 사교육비 때문에 자신의 삶을 잃어버린 채 오로지 자식만을 위해 희생하는 것이 올바른 것일까. 이제 부모들도 자신의 삶을 돌아봐야 하지 않을까. 또한 아이들에게는 자신의 삶을 스스로 결정할 기회를 만들어 주어야 하지 않을까. 왜 공부해야 하는지, 그리고 무엇을 공부해야 하는지, 어떻게 살아가야 하는지를 스스로 고민하고 결정할 수 있다면 아이들은 자신의 삶에 대해 보다 더 큰 애정을 갖고 살아갈 것이다.

부모의 삶을 대가로 얻은 자녀의 학벌도 의미가 있겠지만, 아이들이 스스로 깨달아가며 만드는 삶이 더욱 가치가 크지 않겠는가. 그동안 우리가 그토록 중요시하는 학벌과 교육의 본질을 논하면서 얼마나 이러한 본질적인 질문과 해답을 찾기 위한 고민을 해왔는가. 그 고민을 바탕으로, 인간의 삶과 교육이 분리될 수 없다는 점을 이해한다면 교육의 목표를 새롭게 이해할 수 있을지도 모른다.

경인일보, 2010년 7월 13일자 / 인천시의원

2.5. 아이들과 주입식 교육(3)
4월은 가장 잔인한 달

'4월은 가장 잔인한 달, 죽은 땅에서 라일락을 키워내고, 추억과 욕정을 뒤섞고, 잠든 뿌리를 봄비로 깨운다.'

이것은 T.S. 엘리엇(Eliot)의 시 '황무지'(The Waste Land)에서 나온 말이다. '황무지'에서의 4월은 만물이 소생하고 생명이 움트는 봄이지만, 현실은 세계대전 직후 정신적 황폐화로 죽은 것이나 다름없는 삶을 살아나가고 있다. 그래서 4월은 잔인한 달이다. 엘리엇은 이 시에서 전후(戰後) 서구의 황폐한 정신적 상황을 '황무지'로 형상화해 표현하고 있다.

우리의 4월도 어느 새 잔인한 달이 되어 버렸다. 카이스트에서 피어나지 않은 꽃봉오리들의 안타까운 죽음을 보고 무엇이 저들을 절망의 세계로 이끌었는지를 고민하게 된다.

학생들이 자신의 고민을 해결할 방안을 찾지 못하고 도피처를 찾지 못하게끔 한 상황이 무엇일까. 자살은 여러 복합적인 원인에 의해 발생할 수 있어 그 원인을 단적으로 규정하기는 어려울 것이다. 하지만 이번 카이스트 사태를 많은 사람들은 '지나친 성적 중심의 가치관'으로 보는 견해에 공감할 것이다.

성적은 살아가기 위한 많은 도구 중 하나일 뿐이다. 하지만 어떤 사람들은 가장 큰 자존심이며 삶의 전부라 생각하는 듯하다. 그래서 나쁜 성적은 가장 소중한 것을 잃어버리는 것이라 생각할지 모른다. 이런 학생들에게 나쁜 성적으로 발생하는 학교 수업료 문제가 자신의 가족에게까지 부담을 주게 될 때 절망감은 더욱 커질 것이다. 그래서 죽음이라는 도피처를 찾게 되었을지 모르겠다.

실패에 익숙하지 않은 어린 학생들은 살아간다는 것을 아직 이해하지 못한다. 삶은 많은 실패 경험과 실패를 극복하기 위한 노력과 용기가 필요하다는 것을 이해하지 못한다. 따라서 자신의 조그마한 경험으로 삶을 예단하거나 낙담하기 쉽다. 따라서 우리는 학생들에게 다양한 삶의 가치를, 실패를 극복할 용기를 가르쳐야 한다. 힘든 가운데 성공한 사람의 역사를, 많은 어려움 속에서도 꿋꿋이 살아온 부모의 위대함을 가르쳐야 한다.

교육은 '삶을 가르치고 배우는 것'이다. 국어·영어·수학을 가르치는 것이 교육의 전부가 아니다. 힘든 가운데 일어선 수많은 사람들의 용기, 정의를 위해서 목숨을 건 사람들을 가르쳐야 한다. 그러한 용기와 정의란 바탕 위에 국영수라는 도구를 가르쳐야 한다.

우리 교육은 바뀌어야 한다. 행복하고 성공한 삶이 반드시 성적순이 아니라는 것을 가르쳐야 한다. 삶은 미래 세계를 개척하는 것이어서 용기를 가지고 그 세계를 개척해야 한다는 것을 가르쳐야 한다.

얼마 전 인천의 한 중학교에서 '상위 5% 학생에게 우선 급식을 하려 했던' 성적 지상주의 구태 교육 방식으로는 다양한 삶의 가치를 가르칠 수 없다. 삶의 가장 중요한 정신적 가치는 주로 초·중등 교육에서 이뤄진다. 만약 좀 더 일찍 삶의 다양한 가치를 가르칠 수 있다면 카이스트에서 처럼 어린 꽃봉오리가 안타깝게 지는 일은 줄어들 것이다.

T.S. 엘리엇(Eliot)의 시 '황무지'에서는 전후(戰後) 서구의 잔인한 4월을 말하고 있지만, 지금 우리에겐 빠른 경제 성장 그늘에서 발생한 극단적 경쟁 교육 결과로 인해 나타난 가장 잔인한 4월을 보고 있는 것인지도 모른다.

경인일보, 2011년 4월 19일자 / 인천시의원

2.6. 아이들과 위기(1)
막장 졸업 뒤풀이가 남긴 과제

올 졸업 시즌 전국 곳곳서 발생한 소위 막장 졸업 뒤풀이는 결국 '알몸 뒤풀이'라는 엽기적이고 충격적인 모습까지 드러내며 온 국민을 큰 충격에 빠뜨렸다. 옛날 졸업식 때도 몇몇 학생들이 밀가루를 뒤집어쓰거나 교복을 찢는 뒤풀이로 문제가 되기는 했지만 요즘은 그 정도가 도를 넘어 더욱 폭력화되었다.

이같은 현상을 몇몇 문제아들의 비행과 일탈로만 보기 힘든 이유는 전국적으로 '반복'되었고, 관련된 아이들 중 일부는 그러한 행동이 '별것 아니라는 반응'을 보였다는 점이다. 이와 같은 현상은 요즘 청소년 문화의 한 단면으로 봐야하고, 우리 사회와 특히 교육계는 이런 지경까지 오게 된 일그러진 교육 현실을 바로잡는 계기로 삼아야 할 것이다.

인류 역사에서 청소년기의 가벼운 일탈은 어느 정도는 반복되어온 일이다. 이러한 일탈은 기성세대가 만들어 온 사회와 문화를 향한 반항이며 자신들이 만들 새로운 사회의 원동력으로 해석되기도 한다. 과거 역사를 사례로 살펴보면, 이성을 강조하던 시대에는 청소년의 낭만주의적 성향이 강하게 나타난 것이 좋은 사례가 될 것이다.

하지만 최근 일련의 막장 뒤풀이를 '가벼운 일탈' 정도로 보기 어려운 이유는 그들 사이에 '눈에 보이지 않는 폭력'이라는 권력 관계가 작동하고 있기 때문이다. 졸업을 축하하는 방식이 더욱 폭력적으로 변해가면서 축하하는 선배들과 졸업하는 후배들 사이에는 자유롭고 인격적인 관계가 아니라 심리적·육체적인 억압이 강하게 작동한다는 점이다.

왜 이러한 현상이 벌어졌을까. 아이들은 자신의 자유와 타인에 대한 배려를 통하여 개인의 자유와 사회 통합을 추구하기 보다는, 보스(선배)의 명령이나 자신의 주변 조직 권력에, 자신의 의지와 관계없이 무조건 복종하게 된다. 심지어 이를 답습하며 반복해 나가는 현상은 우리 사회의 문화와 관련되어 있으며, 청소년 문화 역시 교육을 통해 형성된다는 점에서 볼 때 우리 교육의 내용과 목표가 올바른지를 다시금 돌아보게 만드는 것이다.

우리나라는 출세를 위해 좋은 대학에 들어가야 하고, 이를 위해 수능 성적을 높여야 한다. 그래서 살인적인 교육 과정을 견뎌야한다. 이러한 교육 과정은 개인의 생각과 타인에 대한 배려가 무시되기 쉽다. 즉 학교 성적이 아이들 평가의 중요한 핵심 요소가 된다. 반대로 이야기하면 학교 성적이, 자신과 타인의 개성 존중이나 타인에 대한 배려보다, 우선시 되는 셈이다.

이러한 사회 분위기와 교육 문화는 다른 사람을 자신과 같이 존중하고 배려하는 사회가 아니라 심한 경쟁에서 살아남는 것만이 미덕인 것으로 착각하게 만든다. 따라서 오직 자신의 강한 힘을 과시하는 독단적 권력 관계가 작동하게 만들고, 힘 있는 아이들과 힘없는 아이들 사이의 폭력적 관계가 지속될 가능성이 많아지게 되는 것이다.

선배라는 무언의 권력이 자신의 자존감조차 붕괴시키려 할 때 단호히 거절할 수 있는 마음의 정당성과 용기를 가르치고, 남에게 자신이 원하는 것을 시킬 때 타인의 입장과 고통을 돌아볼 수 있는 아름다운 배려심을 높이기 위한 인간 교육이 더욱 절실한 때이다.

경인일보, 2010년 2월 28일자 / 인천시교육위원회 부의장

2.7. 아이들과 위기(2)
위기의 아이들에 관심을

　학업을 포기하고 학교를 떠나는 아이들이 해마다 늘고 있다. 매년 전 국적으론 약 7만 명, 인천에선 3천 명 이상이 중·고교에서 중도 탈락하고 있다. 이 외에도 우리 아이들은 학교 폭력, 왕따, 고위험군에 속하는 정신 질환 및 자살, 경제 위기에 따른 빈곤 및 가정 해체에 따른 불안정 등 안팎의 환경에 의해 위기에 처해 있다. 인천의 경우 최근 5년간 초·중·고생 중 매년 10명 정도의 학생이 자살했다. 학생들의 정신 건강 역시 매우 우려되는 수준에 와 있다.

　지난해 시교육청이 실시한 초·중·고 각 5개교 학생을 샘플로 실시한 학생정신 검사 결과 심각한 정신 질환이 의심되는 아이들이 의외로 많았다. 2차 검사 대상자 495명 중 고위험군 정신 문제가 의심되는 403명은 학부모에게 가정통신문을 통해 관리하도록 안내하고, 나머지 92명 중 저소득층 57명에 대해선 교사의 추천을 받아 정신과 병원에서 검사토록 의뢰했다.

하지만 아무리 여러 차례 검사를 통해 건강 상태를 파악한다 해도 적절한 치료와 상담을 받지 않으면 건강해질 수 없다. 검사는 치료와 상담을 위한 것으로 정신 질환이 의심되는 학생이 발견되면 이들에게는 반드시 지속적이고 적절한 상담 치료가 따라야 한다. 시교육청이 학생들의 육체적 질병 못지않게 정신 건강에 관심을 갖고 3차에 걸친 검사 및 예산 지원을 한 것은 바람직한 것으로, 앞으로도 더 많은 관심과 지원이 있어야 할 것이다.

우리 아이들이 처한 여러 어려움 가운데, 학교 부적응 및 중도 탈락 문제가 아마도 가장 심각한 위기 상황일지 모른다. 중도 탈락 학생은 매년 증가하는 반면 이들에 대한 사전 예방 대책 및 중도 탈락 이후의 관리나 대안 교육 같은 또 다른 교육 기회는 여전히 미흡한 것이 아닌가 싶다. 특히 제2의 교육 기회를 마련해 주기 위해선 다양한 대안 교육이 필요하다. 하지만 인천의 경우 단기 대안 교육 위탁 기관 3곳, 장기 대안 교육 위탁 기관 3곳만이 있다. 공교육 내실화와 함께 대안 교육에 대한 사회적 합의와 관심이 요구되는 시점에 이른 것이다.

한편 학교 상담 현황을 보면 인천의 전체 469개교 중 순회상담교사 10명을 제외하고 전문상담교사가 배치된 학교는 36개교에 불과하다. 전문상담교사는 수업을 전담하는 교사 못지않게 중요한 역할을 감당한다. 따라서 전문상담교사를 학교에 더 배치해 학교 부적응 지도, 생활 지도, 진로 상담 등 충분히 상담할 수 있게 해야 한다. 그리해야 학교 부적응에 의한 중도 탈락 외에도 여러 심각한 문제를 사전 예방·해결할 수 있을 것이다.

이미 여러 선진국은 오래 전부터 많은 전문상담교사를 활용해 학생들의 학교 생활 지도, 진로 상담, 학부모와 지역 사회를 연계한 상담 등 다양한 업무를 수행토록 해 효과를 거두고 있다. 최근 정부도 위기의 청소년 문제에 관심을 갖고 '학교 – 교육청 – 지역 사회'가 연계된 Wee Project(학교안전통합시스템)을 구축·운영 중이다.

학교는 학생들의 지적 성장 뿐 아니라 또래 집단 생활을 통한 사회성 강화와 건강한 인격이 형성되는 곳이다. 단순히 지식만 습득하는 곳이 아니다. 방황하고 갈등하는 청소년들이 자신의 꿈과 희망을 포기하지 않고 다시 건강하게 성장할 수 있도록 보다 많은 관심과 지혜를 모을 때다.

인천일보, 2009년 9월 25일자 / 인천시교육위 부의장

대안학교 체계적인 지원 필요하다

　지난 한 해 동안 인천의 중·고교에서 중도 탈락한 학생 수는 무려 3천 명이 넘는다. 전국적으로는 대략 8만 명의 학생이 학교 부적응으로 매년 학교를 그만두는 것으로 알려지고 있다.

　왜 이렇게 많은 학생들이 중도에 학업을 포기하는 것일까. 무엇보다 겉으론 다양성과 자율성, 인성이 강조되지만 실제론 전보다 더욱 치열해지는 입시 중심의 경쟁 교육과 일방적이고 획일적인 교육 체계가 우리의 아이들을 학교 밖으로 내모는 것이 아닌가 싶다.

　중·고교 시절은 인생의 청소년기로, 국민 공통 기본 교육은 물론 미래 설계와 준비를 위한 소양을 닦는 매우 중요한 시기다. 이 시기에 자아정체감과 기본적인 사회 관계 형성 등도 이뤄진다. 이런 중요한 청소년기에 학교 부적응으로 인해 중도 탈락하는 것은 다양한 교육 기회 및 국민이면 누구나 누려야할 기본권인 교육받을 권리의 상실을 의미한다. 또 이들은 성인이 됐을 때 변화된 환경에 부적응하는 문제를 겪을 수 있다.

중고생들의 학교 생활 부적응과 중도 탈락을 단순한 개인 문제로 치부할 수는 없다. 이들에 대한 대안을 지금 마련하지 않는다면 개인적 문제 수준을 넘어 미래 국가나 사회에도 큰 부담과 비용을 초래할 수 있다.

중도 탈락하는 학생들이 사회 문제로 확산되면서 대안 교육에 대한 관심이 높아가고 있다. 대안학교는 설립 목적과 형태에 따라 여러 유형이 있을 수 있다. 교육법은 대안학교를 "자연친화적이고 공동체적인 삶의 전수를 교육 목표로 한 학습자 중심의 비정형적인 교육 과정과 다양한 교수 방식을 추구하는 학교"로 정의하고 있다. 국가가 정한 정규 교육 과정이 아닌 특화된 교육 과정으로 학생 중심의 맞춤식 교육을 지향하는 교육 기관이라 할 수 있다.

교육과학기술부는 지난 달 말 '대안학교의 설립·운영에 관한 규정'을 일부 개정하겠다고 발표했다. 대안 교육 관련 규정을 개정하여 '공립형 대안학교' 설립을 용이하게 하여 대안 교육을 보다 더 활성화시키겠다는 뜻으로 보인다.

국내 대안 교육의 역사는 10년 정도이고 전국적으로 100여 곳이 있다. 인천의 대안 교육 역시 아직은 열악하고 척박한 상황에 있다. 아직까지 공립 대안학교는 없고, 시 교육청의 위탁을 받은 6개 기관에서 위탁 운영되고 있다. 이들 위탁 교육 기관 가운데는 오랜 기간의 대안 교육 경험을 바탕으로 충실한 교육이 이뤄지는 곳도 있다. 이제 막 시작하여 교육적 결과와 귀추가 아직 검증되지 않은 곳도 있다. 또 막대한 예산에 비해 수용 학생 수가 너무 적어 효율성에 의구심이 있는 곳도 있다.

대안 교육은 정규 교육에서 탈락한 '일부' 모자라는 문제아들을 대충 가르치는 곳이 아니다. 그러나 아직도 교육 과정이 일반 정규 과정과 상당부분 일치하고 있어 대안 교육 기관만의 특성화된 교육 과정의 연구 개발이 보다 체계적으로 이뤄져야 한다. 그러려면 대안 교육을 위한 보다 많은 연구와 지원이 필요하다.

경인일보, 2009년 6월 19일자 / 인천시교육위원회 부의장

2.9. 아이들과 대안학교(2)
위기의 청소년 따뜻하게 보듬는 대안학교로 거듭나야

학업 부적응 등으로 중도에 학업을 포기하고 학교를 떠나가는 아이들이 매년 늘고 있다. 인천에서만 매년 3천~4천 명, 전국적으로는 약 7만 명 정도가 공교육의 틀에서 벗어나 중도 탈락하고 있다. 요즘은 평생 학습이 가능한 세상이라고는 하지만 인생에서 청소년기는 가장 중요한 시기이기에 각자 미래에 대한 꿈과 희망으로 자신의 소질과 끼를 키워나갈 수 있도록 가정과 학교, 사회가 서로 도와야 한다.

지난해 신설된 인천의 첫 공립 대안학교인 해밀학교는 개교 1년 반 만에 학교 부적응으로 위탁돼 온 학생들을 자진 수탁 해지, 즉 퇴학 조치로 대안 학교의 설립 취지를 무색케 해 비난을 사고 있다.

해밀학교는 학교 부적응 등으로 중도 탈락 또는 탈락 위기에 있는 아이들에게 다양한 교육 과정 및 상담, 치유를 통해 제2의 교육 기회를 주고자 지난 3월 신설한 공립 대안 학교이다.

하지만 이 학교 교장은 일반 학교에서 적응하지 못해 위탁 교육을 받으러 온 학생들에게 예비 교육 과정이란 그럴듯한 명분의 과정을 만들고, '무단결석·지각·조퇴 3회 또는 흡연 2회 적발 시, 자진수탁해지(실질적 퇴학 조치)하고 원적교로 복귀하겠다'는 서약서에 학생들이 동의하게 했다.

또 교장은 서약서에 무단결석 관련 조항을 '출석률 90% 이상'으로 엄격하게 제한해 최근 입학한 학생 66명 중 21명을 예비 교육 과정 3주 만에 서약서 위반으로 퇴학 조치시켰다. 심지어 출석 87%인 학생이 학교에 계속 다니기를 원한다고 시교육청에 민원까지 넣었지만, 이 아이의 민원도 무참히 짓밟은 것으로 드러났다.

학교 부적응으로 학업 중단 위기에 처해 학업 포기 전 마지막이란 심정으로 찾아온 대안학교에서 이처럼 많은 아이들이 가혹한 식민지법과 같은 규정에 의해 원적교로 다시 쫓겨 났고, 이런 아이들 중 많은 아이들이 결국 원적교에서 자퇴하고 말았다.

한편, 이 학교 교장은 이런 가혹한 집단 퇴학 조치 외에도 아이들에게 폭력과 막말을 일삼아 여러 아이들에게 씻을 수 없는 상처를 줬다고 알려졌다. 남자 학생들을 때리는가 하면, 화장을 한 여학생에게는 '술집에 나가는 여자냐'는 폭언을 일삼았다는 것이다.

원적학교에서 학교 부적응으로 상처받은 아이들을 가능한 한 더 보듬고 치유해야 할 대안학교 교장이 마치 썩은 사과를 골라내듯이 이렇게 학생들을 대하고 비민주적이고 독단적인 학교 운영을 해왔다는 것은 있을 수 없는 일이다. 또 학교장의 개인 인격이나 무능함만의 문제가 아니라, 공립 대안학교를 이처럼 방치하고 제대로 지도 및 관리 감독을 못한 시교육청 역시 그 책임이 크다.

지난해 개교 2개월째인 5월에도 교장이 학생들을 가혹한 벌점으로 마구 퇴학시켜 문제가 처음 불거졌을 때 공모제 교장으로 교체할 것을 요구했지만, 교육청은 컨설팅으로 반드시 바로잡겠다고 했다. 하지만 1년 반이 지난 현재 해밀학교 문제는 더욱 악화됐을 뿐이다. 올해 다시 해밀학교의 집단 퇴출 문제가 불거지자 교육청은 결국 학교 운영 전반에 대해 감사에 착수했다.

공립 대안학교 교장답지 않게 막말과 독단적 운영으로 아이들을 거리로 내몰고 학교를 파행 운영해 온 문제점은 물론, 그간의 학교 운영 및 교육 과정 전반도 꼼꼼히 살펴봐야 한다. 특히, 그동안 물의를 일으킨 대안학교 교장을 엄중 문책하고 새로운 교장으로 교체해야 한다. 해밀학교가 그간의 아픔을 딛고 다시 따뜻하게 위기의 아이들을 보듬는 진정한 대안학교로 거듭나기를 바란다.

경기일보, 2013년 10월 15일자 / 인천시의원

2.10. 아이들과 시대 변화(1)
'두발 자유화 갈등' 이렇게 풀어보자

　학생들의 두발 자유화 요구는 오래 전부터 제기돼 온 문제다. 이를 요구하는 측은 '학교의 권위적 통제로부터의 자유'라 표현하기도 하고 단순히 '내 멋을 추구할 자유'라고 정당성을 주장한다. 반대 측은 '학생답지 못하다' 혹은 '학교 질서를 어지럽힌다', '학생 통제가 안 된다' 등을 내세운다. 두발 자유화를 말하는 학생들은 자유를 주장하지만 자유를 누리려면 그에 따른 책임도 져야 한다는 점을 간과하지 않았으면 한다.

　성인들이 두발을 단정하게 하는 이유는 그것이 다른 사람들에게 좋은 이미지를 줘 사회 생활을 원만하게 하기 위함이다. 회사 생활을 하는 사람들이 일정 형태의 옷가짐이나 두발을 유지하는 것도 자신의 이미지를 좋게 하기 위한 것이다. 이들도 두발 자유를 외치고 싶겠지만 자유는 책임을 동반한다는 점 때문에 제멋대로의 두발이 고객들에게 불쾌감을 줄 것을 우려해 보다 책임감 있어 보이는 두발 형태를 갖추려고 하는 것이다.

한편 두발 자유화를 반대하는 사람들은 학생들을 아직 '어른들이 돌봐줘야 할 아이'로 보고, 그래서 '어른들이 생각하는 아이'의 모습으로 유지되기를 바라는 것 같다. 그래서 일정한 모습의 두발을 '학생다운 모습'으로 생각하는 것이다. 정장을 하고 회사에 갈 때의 말과 행동이 예비군복을 입고 훈련갈 때의 언행과 달라지는 것을 보면 자신의 외적 이미지가 행동과 밀접한 연관이 있음을 알 수 있다.

찬성과 반대에는 모두 나름의 정당성이 있다. 하지만 찬성측이 자유를 주장하려면 그에 따른 책임도 뒤따르게 된다는 점을 깊이 인식하지는 못하고 있는 것으로 보인다. 반대측 역시 학생들은 아직 성인이 아니며 자유에 대한 책임을 질 수 있는 의식 수준에 도달하지 못한 아이 정도로만 생각하는 경향이 있다.

이렇게 볼 때 두발 자유화 논쟁의 핵심은 학생들이 스스로의 행동에 책임질만한 의식을 갖췄나에 대한 판단에 있는 것이다. 만약 이런 의식을 갖추지 못했다면 학생들은 여전히 통제 대상이 될 수 있고, 자신의 행동에 책임을 질 수 있다면 두발 자유화는 허용돼야 할 것이다.

가부장적 문화에 익숙한 우리나라는 상명 하달 방식에 익숙해져 있으며 교육 방식도 여전히 주입식 위주다. 따라서 교사는 학생들에게 권위를 상실하면 일방 통행식 교육도 무너지게 됨을 잘 알고 있다.

실제 학생들은 인터넷 등의 영향으로 점차 상명 하달식 생활 방식에서 벗어나고 있으며 나름대로 자유로운 방식을 요구하는 경향이 점점 높아가고 있다. 하지만 자신들이 요구하는 만큼 책임을 져야 한다거나, 상대방의 생각을 고려해 행동을 해야 한다거나, 자신의 말과 행동에 책임을 져야 한다는 의식은 아직 미약하다.

결국 현 단계에서 우리나라의 의식 세계는 점점 개인화와 자유화의 경향으로 바뀌고 있는 반면에 그에 따른 책임에 대한 교육은 너무나 빈약하다는 결론에 이르게 된다. 그래서 오늘날 두발 자유화 같은 갈등이 생기는 것이다.

이 문제는 학생들에게 어릴 때부터 개인의 자유와 그에 따르는 책임을 가르치고, 교육 방법도 상명 하달식 보다는 토론식, 연구 발표식 방법을 통해 개선해 갈 때 해결 가능할 것 같다. 이런 과정을 거치면서 학생들은 자신의 행동에 대한 책임을 지는 법을 배우게 될 것이다.

과거의 권위주의 의식과 세련되지 못한 개인주의적 자유 의식이 충돌 중인 우리의 교육 현장을 정확히 인식하고 그 둘 사이의 합의점을 찾아가는 노력이 더욱 절실하다 하겠다.

인천일보, 2009년 1월 7일자 / 인천시교육위원회 부의장

2.11. 아이들과 시대 변화(2)
학생 인터넷 중독 대안 마련 절실

인천의 464개 초·중·고교 30만9373명 학생을 대상으로 한 2009년도 '인터넷 중독 검사' 결과를 보면 고위험군이 1.5%이고 잠재적 위험군이 3.9%다. 이를 합치면 5.4%가 인터넷 중독자인 것이다.

고위험군에 속하는 학생들은 대인 관계가 대부분 사이버 공간인 인터넷에서 이루어져서 일상 생활을 마치 인터넷에서의 대인 관계처럼 착각하거나 내성 및 금단 현상을 겪기도 한다고 답했다. 또 과도한 인터넷 사용 시간 때문에 수면 시간이 줄고 신체리듬이 보통 학생들과 달라져 학교 생활에 어려움과 학습 장애가 있다고 한다. 잠재적 위험군은 고위험군만큼은 아니지만 역시 심리적 불안정함이 나타나며 일상 생활에 장애가 나타난다.

오늘날 인터넷 사용은 사람들이 날마다 밥을 먹는 것처럼 거의 필수적인 것이 되었다. 인터넷은 생활 정보를 얻기 위해서 필요하며, 중요한 학습 도구로 이용되며, 의사 전달 도구로도 사용된다. 이처럼 잘 활용하면 생활에 매우 유익한 것이지만 모든 사람에게 긍정적인 영향만 끼치는 것은 아니다. 잘못 사용하면 인터넷 중독과 같이 부정적인 영향을 미치게 된다.

인터넷이 없는 시절에는 사람들 사이의 갈등과 갈등 해소가 사람의 말, 손짓, 얼굴 표정으로 이루어졌다. 인터넷 사용은 키보드와 화면을 통하여 갈등과 갈등 해소가 이루어지게 만들었다. 이것은 인격이 이중적이 될 가능성을 높였다. 즉 사람들 사이에 직접적 대화를 할 때 사용되는 인격과 인터넷이라는 가상공간에서 사용되는 인격이 생겨나게 되었다.

이러한 이중 인격은 가상 공간의 인격이 현실 세계의 인격과 혼동되는 '인격 혼란'이 발생하기도 한다. 이는 불안감과 대인 관계 이상이라는 형태로 나타나기도 한다. 이러한 현상은 어린 학생들일수록 더 크게 나타날 수 있다. 어린 학생들은 인격이 형성되어 가는 과정에 있고 아직 완성되지 않았기 때문이다.

이처럼 학생들의 인터넷 중독에 더 많은 관심을 기울여야 할 이유는 성인보다 이중 인격으로 인한 혼란이 생길 가능성이 훨씬 높기 때문이다. 어린 학생일수록 대인 관계가 불안정하여 갈등이 생길 때 원만히 해결하기 쉽지 않고 결국 폭력이라는 방식으로 표출될 수 있다.

또 학생들의 인터넷 중독은 성인까지 이어질 가능성이 높다. 이는 새로운 사회의 인간형이라 볼 수도 있겠지만, 현실 사회 부적응이나 다른 사람들과의 심각한 갈등은 개인의 불행은 물론 사회 불안과 국가 발전의 저해 요소가 될 수 있는 것이다.

따라서 이제 우리는 학생들의 인터넷 중독을 더 이상 방치하지 말고

보다 적극적으로 대안을 마련해야 한다. 실질적인 정보 통신 윤리 교육은 물론이며 위험군에 속해 있는 학생들에 대한 상담과 치료체계도 갖춰야 한다. 초·중·고 학생 시절부터 올바른 인터넷 사용법을 익히게 하여 유용하게 사용해야 한다. 입시 위주의 교육 현실 속에서 이러한 분야에 대한 고민이 소홀해지기 쉽지만, 지금부터 대비하지 않고 방치한다면 향후 더 큰 사회적 비용을 지불해야 할지 모른다.

인천경향, 2010년 1월 15일자 / 인천시교육위원회 부의장

2.12. 아이들과 정신 건강
초·중·고교생 정신 질환 철저히 관리하자

2005~2009년 인천의 초·중·고교생 자살 현황을 보면 연도별로 다소 차이는 있지만 매년 10명 내외의 학생이 자살하고 있다. 자살의 원인이 과거 가정 불화, 신병, 이성문제에서 최근에는 성적 비관, 폭력, 괴롭힘, 충동으로 변화되고 있다. 자살은 한 학생만의 문제로 국한되는 것이 아니라 같은 반 학생을 비롯해 주변 사람들에게 미치는 후유증이 크고 오래가기 쉽다.

자살과 같은 극단적 선택을 하는 경우에는 보통 주변 사람들에게 자살 암시 등 여러 증세를 보인다. 이러한 암시를 조기에 발견할 경우 자살을 사전에 막을 수 있다. 그래서 제도적 장치가 필요한 것이다.

자살과 연관이 있을 수 있는 또 다른 문제가 있다. 지난해 인천의 초중고교 학생을 대상으로 정신 건강 검사를 실시했고, 위험군에 속하는 학생들을 대상으로 2차 검사를 받도록 했다. 2차 검사 결과에 따른 추후 관리가 어떻게 되는가를 조사했더니 추후 관리가 학교별로 많은 차이가 있고 제각각인 것을 알 수 있었다.

인천시교육청의 학교별 추후 관리 현황을 보면 가정통신문을 통해 부모에게 '정밀 검사 요함'이라고 연락하거나, 담임 또는 상담교사가 상담하거나 지역정신보건센터에 의뢰한 것으로 나타났다.

정신 건강은 학교 생활과 가정 생활 등이 연결돼 나타나는 경우가 많다. 그런 경우 그 학생의 학교 생활과 가정 생활에 직접적 영향을 주는 사람들에게 학생 관리를 일방적으로 맡겨버리면 문제의 본질을 제대로 파악하지 못할 수 있다. 즉 학생들의 학교 생활과 가정 생활에 직접적 영향을 주는 사람들이 정신 건강에 악영향을 주는 사람일 수도 있기 때문이다. 그래서 학생의 정신 건강 상태를 객관적으로 바라볼 수 있고 전문적인 훈련을 받은 사람들에게 상담과 치료를 맡겨야 한다.

정신 질환은 검사만 하고 나면 저절로 치료되는 것이 아니다. 검사는 상담과 치료를 위한 전 단계이므로 검사 결과 심각한 정신 질환이 의심되는 학생들이 발견되면 이들에게는 반드시 적절한 치료가 따라야 한다. 정신 건강 문제는 눈에 띄는 다른 질병과 달리 겉으로 잘 드러나지 않는다.

또 우리 정서상 정신 문제를 터부시하는 경향이 있어서 제때 치료를 받지 못하면 이후 아이들이 성인이 되었을 때 돌이킬 수 없는 상황이 될 수 있다. 따라서 육체적 질병 못지않은 관심과 적기의 치료가 필요하다. 복잡한 다원적 가치관으로 혼란을 겪고 있는 사회 환경에서 점차 늘어가는 학생들의 정신 건강 문제를 해결하기 위해 시교육청은 해당 학생

학부모는 물론이고 시유관 기관과 공조해 '실질적이고 효과적인 대안'을
마련해야 한다.

동아일보, 2009년 7월 24일자 / 인천시교육위원회 부의장

"Every child is special"

3.1. 다시 돌아온 잔인한 4월 3.2. 여교사 투서 사건의 의미와 과제 3.3. '도가니'의 고통과 인권 3.4. 학생 인권조례와 인권 교육 3.5. 학교 폭력과 정의로움 3.6. 위기의 아이들 더 이상 방치 안 된다 3.7. 학교 폭력에 대한 왜곡된 진단 3.8. 교권(敎權)을 세우는 길 3.9. 민주적 교권과 비민주적 교권

3 인권,

교육 공동체 인권을 세우자.

3.1. 인권과 교육
다시 돌아온 잔인한 4월

T.S. 엘리엇(Eliot)은 유명한 시 '황무지'(The Waste Land)'에서 '4월은 가장 잔인한 달, 죽은 땅에서 라일락을 키워내고, 추억과 욕정을 뒤섞고, 잠든 뿌리를 봄비로 깨운다'고 묘사한다. 황무지에서의 4월은 만물이 소생하고 생명을 움트는 봄이지만 당시의 현실은 세계대전 직후 정신적 황폐화로 죽은 것이나 다름없는 피폐한 삶을 살아가고 있었다. 엘리엇은 이 시에서 전후(戰後) 서구의 황폐한 정신적 공황을 황무지로 표현한다.

지금도 매년 봄, 특히 4월은 1년 중 자살 문제로 가장 시끄러운 달이기도 하다. 그래서 예나 지금이나 4월은 가장 잔인한 달인지도 모른다. 지난 해 봄 카이스트에서 여러 명의 학생이 연이어 자살하면서 온 국민이 큰 충격에 빠졌었다. 모두가 부러워하는 수재인 카이스트생들의 자살에 국민들은 의아해 했다.

카이스트생들의 자살에 이어 지난 해 연말에는 '대구 중학생 자살'로 또 한번 심각한 학교 폭력과 청소년 자살 문제에 관심을 갖기 시작했다.

특히, 어린 학생들의 자살 이유 중 하나가 친구들의 지속적인 폭력이나 학대, 집단 따돌림 등 학교 폭력이 원인이란 점에 문제 의식을 갖게 되면서, 국회는 '학교 폭력 예방 및 대책에 관한 법률'을 현실에 맞게 서둘러 개정하였고, 중앙정부와 시·도교육청도 학교 폭력에 대한 대책들을 앞다퉈 발표했다.

대구만이 아니다. 최근 5년 간 인천에서 자살한 학생은 모두 48명으로, 연평균 약 10명, 1달에 1명꼴이었다. 교육청 통계에 드러나지 않은 학업 중도 탈락 청소년까지 합치면 그 수는 훨씬 더 많을 것이다. 인천시 교육청은 매년 수십억 원의 예산을 세워 학교 폭력과 자살 예방, 인성 교육 등 학생 생활 지도와 인성 교육을 위해 쓰고 있다. 또 올 4월부터 학교 폭력 예방과 생활지도 업무를 전담할 학교 생활안전지원과를 신설하기도 했다. 지난 몇 달 간 온 국민을 충격에 빠뜨렸던 학교 폭력과 청소년 자살 문제가 이러한 교육당국의 대책들로 전보다 나아질 수 있기를 필자 역시 진심으로 바란다.

하지만 이처럼 학교 폭력과 자살 예방을 위해 막대한 예산을 쏟아 붓고, 신설과 하나 더 만든다고 학교 폭력이나 학생 자살이 이전보다 줄어들고, 우리의 아이들이 더 안전하고 행복한 학교 생활을 할지는 여전히 미지수다.

학생 자살이나 학교 폭력 문제가 단지 학교와 교사들만의 책임일 수 없다. 사회 전체가 자라나는 미래세대를 건강하게 키워내야 한다는 의지를 갖고 함께 노력하지 않으면 안 된다.

필자가 위기에 처한 청소년 문제에 관심을 갖고 늘 안타까워하는 것은, 자살에 이르기까지 아파해 하는 청소년들과 학교 폭력 문제에 대해 우리 사회가 지속적인 관심을 가지지 않는다는 것이다. 학교 폭력이나 자살 문제가 터지면 그때서야 소위 '대책'이란 걸 서둘러 여기저기서 제시하지만 잠깐 반짝한 후 방치하기 일쑤다.

위기의 아이들에게 따뜻한 관심과 애정을 지속적으로 갖고 그들의 목소리에 귀기울여야 한다. 또 보다 근본적인 원인을 찾아 해결 하고자 노력해야 한다. 사회적으로 학교 폭력 문제가 크게 이슈화될 때만 급조된, 실효성이 떨어지는 대책들을 발표하고는 사안이 잠잠해지면 언제 그랬냐는 듯이 슬그머니 접어서는 안 된다는 것이다. 학교 폭력으로 온 나라가 시끄러웠던 게 불과 엊그제인데 벌써 잊혀지고 있다고 한다.

학교 폭력이나 집단 따돌림 등으로 힘들어 하는 아이들, 자살이라는 절망의 벼랑 끝에 서 있는 아이들의 고통을 함께 하려는 진정성이 우리에게 있다면, 우리는 먼저 이 사회, 학교, 가정 속에 뿌리깊이 내재된 병폐를 먼저 돌아보고 치유해야 한다.

인성 교육은 허울 좋은 껍데기일 뿐, 우리는 여전히 명문대 합격과 학벌 만능주의에 목을 매고 있고, 인생의 행복은 성적순이라며 무한 경쟁 속으로 아이들을 끊임없이 몰아가며 등급을 매기는 불편한 진실이 존재하는 한, 우리 아이들이 자존감을 갖고 꿋꿋하게 설 곳은 줄어들 수밖에 없다. 또다시 돌아온 계절 4월이 잔인한 달이 될지는 우리 모두의 손에 달려있다.

인천신문, 2012년 4월 12일자 / 인천광역시 시의원

3.2. 인권과 여교사
여교사 투서 사건의 의미와 과제

　　18년만의 무더위로 기록되며 가장 무더웠던 올 여름. 모든 국민이 '런던 올림픽' 보는 즐거움으로 하루하루 힘겹게 무더위와 싸우고 있을 때, 또 다른 한쪽에서 힘든 도전과 싸움을 시작한 사람들이 있었다. 폐쇄적이고 권위적인 일부 학교 관리자들의 부당한 요구를 더 이상 견딜 수 없다고 느낀 일부 여교사들이 전국 최초로 봉기를 한 것이다.

　　지난 몇 달간 인천 교육계는 물론 전국을 발칵 뒤집어 놓은 일명 '여교사 투서 사건'은 그동안 소문으로 떠돌던 것이 이제는 '소설'이 아니라 '사실'이었다는 것을 최초로 입증한 사건이 되었다.

　　시교육청에 두 번 그리고 의원인 필자에게 한번 총 세차례 보내진 '승진을 앞둔 여교사의 소리' 투서에는 학교 현장에서 여교사들이 일부 학교 관리자들의 부당한 요구와 관련해 겪고 있는 여러 고충들을 해결해 달라는 하소연으로 가득 차 있었다.

　　투서를 보면서 필자는 많이 울었다. 그리고 내용이 너무도 구체적이고 충격적이라 "일부일지라도 과연 이런 말도 안 되는 비상식적이고 비교육적인 일들이 그것도 아이들을 가르치는 학교에서 관리자들과 여교사들 사이에서 일어날 수 있을까." 생각하며 반드시 개선해 내리라 마음먹었다.

사실 확인 및 개선을 위해 투서 속 여교사들이 제안한 21개 문항을 토대로 인천 전체 여교사를 대상으로 무기명 설문조사를 했다. 그 결과 놀랍게도 투서 속 내용과 상당부분 일치했다.

응답자 493명 중 12.4%의 여교사는 '관리자에게 성적 수치심을 느꼈고', 9%의 여교사는 '성희롱, 성추행을 당한 적이 있다'고 응답했다. 55%의 여교사는 '학교 회식과 술자리 문화가 바뀌어야 한다'고 답했다. 16%의 여교사들은 교장 출장이나 연수 또는 명절에 선물, 상품권, 현금 등을 제공한 적이 있다고 응답했다.

대부분 교사들은 설문에 '예', '아니오'로 답했지만 그 중 일부는 아예 작정을 하고 '제2의 투서'를 보내듯 관리자 실명과 비위를 빼곡히 적어 따로 보냈다. 시간이 갈수록 더 심각하고 충격적인 내용의 투서들이 들어왔다. 도대체 왜 이러한 현상들이 봇물 터지듯 벌어지고 있는 것일까.

인천 교육과 교원 정책을 책임지고 있는 시교육청이 평소에 전체 교사의 75%에 달하는 현장 여교사들의 고충에 섬세하게 신경을 쓰고, '작은 목소리도 크게 들으려는 노력'을 했었다면 전국적으로 망신을 당하는 이번 같은 투서 사건은 발생하지도 않았을지 모른다. 하지만 교육청은 그렇게 하지 못했다. 오죽하면 투서를 보낸 여교사들은 두 번의 투서를 교육감 앞으로 보내지 않고 '부교육감' 앞으로 보냈을까.

교육청이 이번 투서 사건을 잘 처리했다면 그간의 잘못을 만회할 수 있었지만 스스로 그 기회를 잃어버렸다. 비록 익명이지만 필자에게 보내기 전 두 차례나 여교사들은 자신들의 고충을 해결해 달라며 교육청의 문을 두드렸다. 하지만 심각한 내용의 투서를 받고도 교육청은 '익명이라 믿을 수 없다', '소설 같다', '일부이거나 과장됐을 것'이라며 미온적 대처로 일관했다.

교육청 설문조사 결과에서 75명의 교사가 학교 관리자들에게 '성희롱이나 성추행을 당한 적이 있다'고 답했음에도 일부에서는 여전히 '빈대한 마리 잡으려다 초가삼간 다 태운 꼴', '벌레 하나 잡기 위하여 나무 전체를 뒤흔들어 뿌리 째 뽑힐 지경'이라는 비상식적인 말을 하고 있어 실소를 금할 수 없다.

여교사 투서 관련 설문 분석 결과를 기자 회견 후 시교육청 감사과와 교원정책과에 모두 넘겼다. 이제 공이 다시 교육청으로 넘어간 것이다. 사안이 심각한 것은 철저한 감사는 물론 수사도 필요할 것이다. 문제는 이번 투서 사건을 일부 몰지각한 관리자들만의 문제로 치부하는데 그쳐서는 안되며, 설문 결과에서 알 수 있듯이 보다 근본적인 문제인 승진, 근평 등 제도 개선으로 반드시 이어져야 한다는 것이다.

인천일보, 2012년 10월 12일자 / 인천시의원

도가니의 고통과 인권

인간의 권리(인권)란 것이 세상의 시작과 함께 처음부터 주어진 것일까. 신에 의해 미리 주어진 것이라고 주장할 사람들도 있지만, 필자는 인간의 의식 변화와 함께 자연스럽게 만들어진 것이라 생각한다. 즉 인권은 타인의 고통을 이해할 만한 환경이 먼저 형성되고서 내용이 채워지게 된다.

사냥과 채집을 하며 살아가던 원시 시대에는 생존에 필요한 고기를 얻기 위해 협동하지 않을 수 없었다. 그래서 사냥에 더 공헌한 사람에게 고기의 좋은 부위를 먼저 선택할 권한을 주었겠지만 협동한 모든 사람에게 고기를 나누어 주었을 것이다. 사냥에서 제외되는 고통을 이해한 원시인들이 인권을 말했다면 협동해서 사냥할 권리와 고기를 나눌 권리를 요구했을 것이다.

왕의 시대에 들어서 막강한 권력을 쥔 왕은 자신의 권력을 유지하려 노력하게 된다. 그래서 자신에게 도전할 수 있는 소수 사람들을 견제, 회

유하는 데 필사적 노력을 했다. 경제적, 군사적 권한을 독점한 왕은 자신의 독점적 권리를 유지하기 위해 계급마다 권리에 차이가 있음을 백성에게 선포하고 교육한다. 그것이 왕권신수설일 것이다. 이러한 왕권이 무너진 것은 상업과 산업의 발달과 관련이 있다. 서구 상업과 산업의 발달은 신흥 부자를 탄생시켰고 이들이 자신들의 권리를 높이기 위해 한 투쟁은 프랑스 시민혁명으로까지 이어진다.

여성의 권리도 유사한 역사를 가진다. 그리스 아테네에서의 여성은 노예와 같이 투표권이 없었다. 하지만 과학의 발전과 인터넷 등의 보급으로 근육을 사용하는 노동이 줄어들고 기계를 이용한 노동이 많아지면서 자연스럽게 여성의 경제 활동 참여도 많아졌다. 여성들의 경제적 지위가 높아지면서 급속도로 남성과 대등한 권리를 요구하게 되었다.

왕의 독점적 권리가 무너지고 계급 간의 정치적·경제적 권리가 동등해지면서 여성의 권리도 높아지는 역사가 '인권의 역사'이다. 이제 우리에게 남은 것은 아이들과 장애인에 대한 인권 문제이다. 이들은 아직 자신의 목소리를 높일 만한 정치적·경제적 위치를 가지고 있지 못하다. 그래서 그들의 아픔을 느끼는 누군가의 도움이 필요하다.

영화 '도가니'의 아이들이 그러한 입장에 처한 아이들이다. 견제 받지 않는 절대적 학교 내부 권력과 무서운 성폭력 앞에 제대로 항거하는 방법을 알지 못했으며, 자신들의 고통을 스스로 변호하지도 못한 채 그저 분노로 자신을 태울 뿐이었다. 그나마 이것이 세상 밖으로 알려지고 사회 문제로 된 것은 이 아이들의 고통을 이해한 용기있는 선생님과 주변 사람들 덕분이었다.

이처럼 인권의 역사는 다른 사람들의 고통을 이해하면서 발전한다. 노예의 고통을 이해하면서 노예 해방이라는 인권을 말하게 되고, 이리저리 팔려 다니는 네팔의 빈민가 여성의 고통을 이해하면 이들의 인권을 말하게 된다. 마찬가지로 장애 아이들과 학생들의 고통을 이해하면 장애 학생의 인권을 말하게 된다.

어떤 이들은 학생 인권을 선생님을 괴롭히는 못된 아이들을 위한 것으로 잘못 이해를 하는 듯하다. 학생 인권은 아이들의 고통을 이해하고 돌보는 것이지 나쁜 아이들을 옹호하는 것이 아니다. 따라서 학생 인권과 교사의 인권은 상충하는 것이 아니다. 인권은 같은 인간으로서의 '동질감'을 표현하는 것일 뿐이다. 부당한 폭력과 환경으로부터 아이들을 보호하려는 것이 학생 인권이며, 부당한 폭력이나 권력으로부터 교사를 보호하는 것이 교사 인권인 것이다. 즉 인권은 나의 권리만을 위한 것이 아닌 타인의 고통을 함께 살피는 것이다.

경인일보, 2011년 10월 27일자 / 인천시의원

3.4. 인권과 학생 인권조례
학생 인권조례와 인권 교육

　　우리나라 교육계의 윤리 기준은 "스승의 그림자도 밟지 않는다."라는 '유교적 가부장주의'를 바탕으로 형성되어 왔다. 이런 윤리관이 사회·문화 환경의 급격한 변화와 함께 급진적으로 변하고 있다. 윤리관의 변화는 '가부장적 윤리관'과 '개인의 인권을 강조하는 민주사회 윤리관'의 충돌로 이해될 수 있는 형태로 교육계 곳곳에서 나타나게 되었다.

　　즉, 교사와 교사간 갈등, 교사와 학부모의 갈등, 교사와 학생간 갈등이라는 모습으로 나타났다. 이런 갈등 한가운데에 나타난 것이 학생 인권조례인데 이것은 윤리관 변화의 현실화된 모습으로 이해할 수 있을 것이다.

　　경기도교육청이 학생 인권조례를 만들었지만 인권에 대한 문화가 완벽하게 형성된 환경에서의 조례가 아니라 급격한 사회 변화 중에 만들어진 조례이기에 가부장적 윤리관을 가진 사람들뿐만 아니라 그 반대적 윤리관을 가진 사람들도 혼란을 느낄 수밖에 없다.

많은 사람들이 인권을 '자기만의 배타적 권리'라고만 생각할 뿐 '타인의 인권에 대한 의무'도 발생한다고 생각하지 않는다. 그래서 또 다른 갈등이 발생한다. 이런 가운데 많은 사람들이 몸으로 겪으면서 인권에 대한 학습을 하게 된다. 그러한 과정을 거쳐 인권이 안정된 문화의 형태로 자리 잡아가면서 비로소 갈등이 줄어들게 된다.

예를 들어, 서구의 법률을 복사해 온다고 우리나라가 갑자기 서구화되는 것은 아니다. 마찬가지로 인권조례를 만들었다고 완벽한 인권이 실현되는 것은 아니다. 문화가 바탕이 되지 않는 법과 조례는 원래 의도했던 것과 다른 혼란이 발생하기 마련이다.

문화의 변화는 사회, 경제, 정치, 교육 등의 종합판이다. 따라서 아무리 완벽한 학생 인권조례를 만들더라도 항상 문화의 뒷받침이 필요한 것이다. 결국 학생 인권조례가 영혼 없는 껍데기 조례가 되는 것을 극복하기 위해선 문화적으로 자연스럽게 받아들일 수 있게 만드는 지속적 '인권 교육'이 필요한 것이다.

인권을 자신의 배타적 권리로만 생각할 것이 아니라 타인의 인권을 보호해 주어야 할 의무도 발생한다는 것을 이해하게 된다면, 인권을 운운하며 선생님을 무시하는 학생도 줄어들 것이며, 학교 내 질서를 위해 그리고 다른 학생들의 인권을 위해서 무질서한 행동을 해서는 안 된다는 것을 알게 될 것이다. 인권은 인간이기에 갖는 권리이지만 또한 인간으로서 지켜야할 의무를 지킬 때 온전한 것이 된다. 그리할 때에야 학생 인권조례가 완성되는 것이다.

학생 인권조례가 오직 학생들의 인권만 지켜준다는데 의미 있는 것이 아니라 학생들로 하여금 선생님과 부모와 다른 학생들의 인권도 같이 지켜야 한다는 것을 알게 해주어야 한다. 그래서 자신과 타인의 인권을 지키기 위해서 학교 내 규정을 지켜야하며, 규정을 위반할 경우 적절한 처벌을 받아야 한다는 것도 일깨워주어야 한다.

왜곡된 인권에 대한 이해를 극복할 때까지 인권에 대한 지속적 교육과 불완전한 인권 정책에 대한 인내심이 필요하다. 왜냐하면 인권 정책의 온전한 완성은 인권 문화가 완성된 후에나 가능할 것이기 때문이다.

인천일보, 2011년 2월 9일자 / 인천시의원

3.5. 인권과 정의 교육
학교 폭력과 정의로움

기원전 500년경 그리스 아테네에 살던 소크라테스는 위기에 처했다. 젊은이들을 선동한다는 이유로 사형이 결정되었다. 만약 젊은이들을 선동하지 아니할 것을 약속한다면 죽음을 피할 수 있게 해주겠다고 하였지만 소크라테스는 죽음의 독배를 선택한다.

소크라테스는 많은 사람들에게 '선함(GOOD)'이 무엇인지 '정의(JUSTICE)'가 무엇인지를 질문했다. 이러한 질문은 도덕적으로 살아가려 노력하는 사람들이 항상 고민하는 내용이다. 소크라테스의 이러한 고민과 질문이 젊은이들의 정신을 일깨우자 변화를 두려워하는 아테네 정치가들이 불안에 떤다. 그래서 젊은이들을 선동한다는 명분으로 죽음을 결정한다.

돈이 최고인 사회는 선함과 정의를 추구하지 않는다. 아니 그런 사회의 최고선은 돈일뿐이다. 그래서 수단과 방법을 가리지 않고 돈을 축적하려 한다. 우리 교육에서도 선함과 정의를 가르치기 보다는 돈을 많이 벌기 위한 출세 수단으로, '오로지 수능 일등을 목표'로 밤낮없이 국영수를 외우게 한다. 그래서 '인간성 회복, 선함, 정의감'과 같은 목표가 상실된 학교 교육은 결국 돈과 연결된다. 점차 자본주의의 치명적 단점들이 나타나는 사회로 나가게 된다.

영화 도가니의 현장에도 선함과 정의는 없었다. 자신의 분노를 제대로 펼칠 수 없는 장애아들을 상대로 인권 유린이 벌어질 때 모두 모른 척 눈을 감았을지도 모른다. 그러나 다행히 용기 있는 교사 한명이 해직을 당하면서까지 정의를 외쳤다. 이 작은 소크라테스 덕분에 그 정도로 문제가 수습된 듯하다.

최근 온통 언론을 뒤덮고 있는 학교 폭력의 현장은 또 다른 도가니의 모습이다. 어떤 아이가 부당한 폭력이나 괴롭힘을 당하는 것을 눈치 채도 아무도 나서려 하지 않는다. '정의가 승리한다'는 것을 믿지 않는 아이들은 힘이 강한 측의 부당한 폭력에 눈을 감거나 회피한다. 일부 학교는 귀찮은 일을 만들고 싶지 않고 가해자 학부모들과 싸우는 것이 싫어 복지부동을 선택한다. 도가니의 현장뿐만 아니라 많은 학교에서 선함과 정의를 실천하는 '현대판 소크라테스'가 나와야 한다. 그래서 아이들에게 선함과 정의가 반드시 승리한다는 것을 알게 해야 한다.

선함과 정의를 추구하지 않는 것은 학교 교육에서만이 아니다. '일부' 정치인들도 마찬가지이다. 그들은 오직 '자신의 이득'을 추구하는 것만이 가장 현명한 행동이라고 생각한다. 그런 사람들의 입장에서 보면 정의를 말하는 정치인은 어리석은 돈키호테일 뿐이다. 이들은 입으로는 정의를 말하지만 행동은 그렇지 못하다. 만약 선함이나 정의감을 지키려는 정치인이 있다면, 마치 소크라테스나 돈키호테처럼 여기며 자신들 세계에서 몰아내려 하거나, 자신들의 세계를 어지럽히는 위험 인물로 취급한다.

"교장, 교감 선생님. 학교에서 '선함'과 '정의'를 가르쳐 주십시오. 아이들이 부당한 폭력과 고통을 당하지 않게 해주십시오. 그러려면 가해자 아이들을 무조건 감싸려는 사람들과 싸울 용기를 내셔야 합니다. 학교에 대한 나쁜 소문이나 이미지 실추를 우려해 학교 폭력을 쉬쉬하며 덮으려 한다면 아이들은 더 큰 고통에 빠질 것입니다."

선함과 정의를 지키려면 소크라테스의 용기가 필요하다. 부당한 것과 맞서 싸우기 위한 용기가 필요하다. 싸우는 과정에서 어쩌면 누군가의 희생이 따를지 모른다. 소크라테스의 죽음이 이천오백년 동안 많은 사람들의 정신을 일깨워 주었듯이, 그들의 용기와 희생이 아이들을 일깨우고, 학부모들을 일깨우고, 학교와 사회 전체를 일깨울 것이다.

필자는 학교 폭력을 막기 위한 조례를 준비 중이지만 여전히 불만족이다. 정신이 뒷받침되지 않으면 죽은 조례가 되기 때문이다. 교사의 권위가 무너졌기 때문에 학교 폭력을 막을 수 없다며 피하지 말라. 선함과 정의는 이보다 더 어려운 환경에서도 지켜져 왔다. 학교만 그래야 하는 것이 아니다. 정치도, 사회 전체도 그래야 한다.

인천일보, 2012년 1월 16일자 / 시의원

3.6 인권과 학교 폭력(1)

위기의 아이들 더 이상 방치 안 된다

초등학교 4학년 때로 기억한다. 어느 날 우리 반 반장이 담임 선생님이 수업을 마치고 교실을 나간 후, 자기 말을 안 듣는 반 아이들을 앞으로 나오게 하여 엎드려뻗치기를 시킨 후 긴 마포걸레자루로 때렸다. 그후에도 몇 차례 그런 일이 있었다. 나는 물론 다른 아이들도 반장을 무서워했고 그 이후 늘 반장 눈치를 살피게 되었다. 거의 사십년 세월이 흘렀건만 아직도 그 공포의 순간을 생생하게 기억한다. 그것은 분명한 학교 폭력이었지만 그 누구도 반장에게 대항하지도 담임 선생님께 말하지도 않았다.

40년이 지난 오늘날도 많은 학교에서 우리의 아이들이 학교 폭력으로 병들어가고 있다. 최근 대구의 한 중학교에서 학교 폭력과 집단 따돌림으로 잇따라 두 명이 자살한 것에 온 국민이 충격에 휩싸였다. 두 학생 모두 친구들의 지속적인 폭력과 학대, 집단 따돌림을 견디다 못해 끝내 자살을 한 것으로 알려지면서 '학교 폭력과 위기에 처한 아이들'에게 다시 관심이 집중되고 있다.

인천에서도 지난 달 12일 계양구 모 중학교 2학년 여학생이 인근 놀이터에서 동급생 10여 명에 의해 각목으로 집단 폭행을 당하고 담뱃불로 손과 다리가 지져져 전치 6주의 진단을 받고 치료중이다. 바로 그전달에도 연수구에서 중학교 2학년 여학생이 학교 내에서 집단 왕따를 당해오다 한 아파트 옥상에서 투신 자살한 사건이 발생했다.

최근 5년간 인천에서 자살한 학생은 모두 48명으로 연평균 약10명에 이른다. 한달에 거의 한명 꼴로 아까운 어린 생명들이 꺼져가고 있다. 문제는 과거에는 중고생들 중심이었던 반면 최근에는 초등학교 학생까지 확산되고 있어 청소년 자살 문제가 과거보다 더 심각해지고 있음을 알 수 있다.

청소년 자살의 원인은 가정 불화, 성적 비관, 이성 문제 등도 있지만 최근 들어 학교 폭력, 소위 왕따로 불리는 집단 괴롭힘이 늘고 있다. 최근 3년간 인천서 발생한 학교 폭력 현황을 보면 폭행, 집단따돌림, 금품 갈취, 감금, 협박, 성추행 등 2,140건의 가해 사건으로 1,534명의 피해 학생이 발생한 것으로 나타나고 있다.

인천시교육청은 매년 수십억 원의 예산을 세워 자살 예방, 학교 폭력 예방, 금연 교육 등 학생 생활 지도 및 인성 교육을 위해 쓰고 있지만, 좀처럼 청소년자살, 학교 폭력, 집단따돌림, 흡연 문제 등은 줄어들지 않고 있다. 왜일까.

학생 자살이나 학교 폭력 문제가 단지 학교와 교사만의 책임일 수는 없다, 당연히, 가정, 학교와 사회 전체가 자라나는 미래세대를 건강하게 키워내야 한다는 공동 목표를 갖고 함께 노력하지 않으면 안 된다.

하지만 필자가 위기에 처한 청소년 문제에 관심을 갖고 늘 안타까워 하는 것은, 이러한 가장 상식적이고 기본적인 문제 즉, 병들어가는 청소년들과 학교 폭력 문제에 대해 지속적인 관심을 갖지 않는다는 것이다. 학교 폭력이나 자살 문제가 터지면 그 때서야 소위 '대책'이란 걸 이곳저곳서 제시하지만 잠깐 반짝할 뿐이다. 근본적인 원인을 찾고 문제 해결을 위한 관심이 지속적으로 이뤄지지 않은 채 임시방편적인 대안들이 난무하다간 다른 사안이 불거지면 언제 그랬냐는 듯이 관심에서 멀어지곤 한다. 그러는 사이 우리 아이들은 더 깊은 고통과 절망 속으로 빠져 들어가는 것이다.

학교 폭력이나 집단 따돌림 등으로 아파하는 학생들, 자살이라는 절망의 벼랑 끝에 서있는 학생들의 고통을 함께하고 재발을 막으려는 진정성이 우리에게 조금이라도 있다면, 우리는 먼저 이 사회, 학교, 가정 속에 뿌리깊이 내재된 병폐를 먼저 돌아보고 치유해야 하지 않을까.

인성 교육은 허울좋은 껍데기일 뿐 우리의 의식은 여전히 학벌 만능주의에 머물고 인생의 행복은 성적순이고 공부가 최고의 가치라고 하며 무한 경쟁 속으로 우리의 아이들을 몰아가며 끊임없이 등급매기는 현실 속에서 아이들이 설 곳은 점차 사라지고 있지는 않은가. 병들어가는 아이들은 병든 사회의 거울이고 결과일 뿐이다. 이 불편한 진실을 어떻게 마주할지에 우리 아이들의 미래와 행복이 달렸다.

경인일보, 2012년 1월 4일자 / 인천시의원

학교 폭력에 대한 왜곡된 진단

최근 '학교 폭력'이 교육계를 넘어 사회 전체의 최대 쟁점 사항이 되었다. 학교 폭력이나 왕따, 집단 괴롭힘 문제가 비단 어제 오늘의 문제는 아니지만, 근래 들어 점차 더 심각해지는 상황임을 감안할 때 더 늦기 전에 대책을 마련하려는 움직임이 다행스럽다. 또, 가정, 학교, 사회 전체가 위기의 아이들에 관심을 갖고 자라나는 아이들을 건강하게 키우기 위해 학교 폭력의 원인, 실태 파악, 대안 마련에 함께 머리를 맞대고 고민하는 것은 너무도 당연하다 할 것이다.

지난 17일자 '인천논단'에서 모 인천시의원은 '학교 폭력·왕따 방지는 교권 확립과 상담 교사화로'란 제목의 글을 썼다. 수십 년 간을 인천 교육계에 몸담아온 그 의원 입장에서도 학교 폭력에 대한 원인과 대안에 나름의 소신과 시각이 있을 수 있고 본다.

그러나 학교 폭력의 원인은 한마디로 자신 있게 말할 수 있을 정도로 단순하지 않고, 대체로 여러 가지 원인이 복합적으로 작용한 결과라는 점을 고려할 때, 그 원인을 꼭 집어서 단 하나로 귀결시키는 것은 매우 위험천만하다 할 것이다.

하지만 이 의원은 17일 글에서 '학교 폭력과 왕따의 원인이 입시 위주의 경쟁 교육에 있다고 주장하는 목소리가 높지만, 필자는 입시 위주의 경쟁 교육보다 '학생 인권 조례', '학습 선택권 조례' 등을 제정하여 학생들에게 인권이라는 이름으로 교사의 학생 지도권에 대항하는 것을 권장하는 듯한 잘못된 신호를 준다는 데서 더 큰 원인을 찾을 수 있다고 본다'고 주장한다. 그러면서 서울시 학생 인권 조례의 문제점을 지적하고 외국의 사례도 언급한다.

즉, 현재 횡행하는 학교 폭력의 원인을 잘못된 '학생 인권 조례'와 '학습 선택권 조례' 때문인 것처럼 규정한다. 또, 이러한 학교 폭력, 왕따 방지를 위한 대안으로서 '교권 확립'과 '전 교사의 상담 교사화'를 주장한다. 일견 그럴듯해 보이지만 이 의원의 의견은 학생 인권과 학습 선택권에 대한 왜곡된 시각의 주장이라고 말하지 않을 수 없다.

학교 폭력이 전 국민의 관심사로 떠오르면서 많은 전문가와 교육 관계자들은 그 원인과 대안에 대한 다양한 의견을 제시하고 있다. 대체로 많은 전문가들은 학교 폭력과 왕따의 원인으로 '지나친 입시 경쟁', '학벌 만능주의'로 인한 심리적 탈출구 부재와 이로 인한 스트레스, 또 더불어 사는 교육, 즉 '인성 교육' 부재 등을 꼽고 있다.

필자 역시 학생 인권의 중요성을 주장하는 사람이지만 일부 타 시·도의 학생 인권 조례 내용 중 일부 조항은 지나친 부분이 없지는 않다고 생각한다. 하지만 학생 인권 조례 자체가 학교 폭력의 주된 이유라고 하는 것은 어불성설이다. 전국에서 학생 인권 조례를 제정하기 시작한 것은 불과 1~2년 남짓이지만, 학교 폭력은 이미 학생 인권 조례 제정 훨씬 전부터 있어온 문제 아닌가.

또, 학생 인권 조례를 빌미로 학생 지도권과 책무를 방임하는 것은 교육적이지 못하다. 더욱이 인천에서 전국 최초로 정규 교육 과정 이외 학습인 야간 자율 학습, 방과 후 학교 등에 대해 학생, 학부모에게 선택권을 부여하는 조례인 일명 '학습 선택권 조례'를 제정한 것은 지난 연말로서 불과 두 달이 되지 않는다. 그런데 학습 선택권 조례를 학교 폭력의 주요 원인으로 지목하는 것 역시 '지나친 논리의 비약'이라 할 수 있다.

필자 역시 학생 인권 못지않게 교권 확립도 중요하다고 생각한다. 학생 인권과 교권은 상충되는 권리가 아니라 동일한 인권으로서 상호 존중되어야 한다. 인권은 모든 사람이 가지고 있는 권리이기 때문이다.

끝으로 이 의원이 대안으로 제시한 '전 교사의 상담교사화'에는 기본적으로 동의한다. 하지만 이것 역시 모든 학생들이 마음을 열고 소통할 수 있을 정도로 전 교사가 학생에 대한 깊은 애정과 상담 능력, 환경이 갖춰졌을 때 가능하다. 하지만 현실은 어떠한가. 교과 수업만으로도 벅찬 것이 현실 아닌가. 전문상담교사 확대 배치가 절실한 이유다. 학교 폭력은 임시방편이 아닌 보다 근본적인 문제부터 건드리고 지속적인 관심으로 대응하느냐에 성패가 달렸다.

인천신문, 2012년 1월 31일자 / 인천시의원

3.8. 인권과 교권(1)
교권(敎權)을 세우는 길

교권(敎權)은 여러 가지 의미를 지닌다. 첫번째 의미의 교권은 '정치나 외부의 간섭으로부터 독립되어 자주적으로 교육할 권리(educational authority)'라는 의미다. 두 번째는 '교사의 권위'라는 의미로 쓰인다. 많은 사람들이 주로 후자의 의미로 사용하고 있다.

존경하는 선생님으로부터 깊은 감명을 받으며 배울 때 종종 아이들은 자신의 인생이 바뀌는 경험을 하게 된다. 반대로 아이들에게 존경 받지 못하는 선생님이 아이들의 인생에 좋은 영향을 주는 것은 불가능하다. 그래서 교사의 올바른 권위를 세우는 것은 매우 중요한 것이다.

그러나 '교사의 권위'가 교원임용고사에 합격했다고 거저 주어지는 것이 아니다. 존경받는 사람은 존경받을만한 언행을 통해서 인정받는 것이다.

얼마 전 인천에서 열린 전국고교학생회장 연수에 학생 인권에 관한 이야기를 해달라고 요청이 들어와 발제를 하였다. 필자는 발제를 한 후 질문을 받았는데 어떤 학생이 질문했다. "왜 선생님들은 학교에서 담배를 피워도 되고 학생들은 안 되느냐."는 질문이었다. 학생의 질문 의도는 '공공 기관인 학교는 금연 구역인데 교사는 법을 어기면서 왜 학생만 교칙을 지키라고 하는가'를 묻는 것이었다.

또 지난 달 인천의 한 고등학교에서 동창회비를 내지 않았다고 일부 학생들에게 졸업장을 주지 않았다가 사유서를 쓴 후에야 준 일이 있었다. 이런 상황에서는 교권이 세워질리 만무하다. 또, 성적 조작이나 수학여행 비리, 급식 비리, 부교재 비리 등과 같은 교육 비리가 계속되는 한 교사의 진정한 권위는 세워질 수 없다.

이에 대해 어떤 사람은 "세상의 어두운 곳은 항상 있기 마련이고 교육계에도 일부 교장이나 교사들의 비리가 좀 있는 것뿐인데, 너무 교육 비리 운운하면 교권이 추락한다."고 주장한다. 하지만 필자는 그러한 정신이야말로 점점 확대되어가는 교권 추락을 더욱 부추기는 것이며 결국 돌이킬 수 없는 상태로 이어질 것이라 말하고 싶다.

'정치나 외부의 간섭으로부터 독립되어 자주적으로 교육할 권리'라는 첫번째 의미의 교권은 교육계의 자율성을 의미한다. 교육은 교육계 스스로 책임지겠다는 것이다. 진정 그것을 원한다면 위에서 언급한 비교육적 상황에 대한 책임도 져야 하며 대안도 마련해야 한다. 그것이 바로 자율성의 진정한 의미이며 첫번째 의미의 교권 세우기가 구체화된 모습인 것이다.

첫번째 의미나 두 번째 의미의 교권 세우기를 모두 원하면서도 교육의 변화에 둔감하거나 오랫동안 관행화된 나쁜 문제들을 애써 눈감으려

한다면 그것은 진정 교권을 세우기 원하는 사람들의 모습이 아닌 것이다.

교권을 세우기 위해 교육계 스스로 정화하려는 노력이 필요하며, 이러한 지속적인 노력이 '교사의 권위'를 바로 세우는 것이며, '정치나 외부의 간섭으로부터 독립되어 자주적으로 교육할 권리라는 의미의 교권'을 지키는 길이기도 하다. 교육계 스스로 문제를 해결하지 않는다면 외부의 통제가 강화될 수밖에 없으며 첫번째 의미의 교권과 두 번째 의미의 교권이 동시에 무너질 것이다.

주변 학생들의 마음과 생각을 얼마나 잘 배려하고 있는지, 그들의 고통을 얼마나 이해하고 있는지, 그들의 잘못된 행동의 동기와 원인을 보다 냉정하게 살펴보는 것에서부터 교권 세우기가 시작되는 것이다. 이것을 잘못 이해하여 교권을 교사의 이득만을 챙기는 것으로 받아들이면 안 된다. 누구든 존경받는 길을 가려면 자기 스스로를 돌아보며 가시밭길을 갈 수밖에 없다는 것을 역사는 증명하고 있다.

인천신문, 2011년 3월 15일자 / 인천시의원

3.9. 인권과 교권(2)
민주적 교권과 비민주적 교권

나 교육감은 평상시 학생의 정규 교육 과정 외 학습인 소위 야간 자율 학습이나 방과후 수업을 자율적으로 해야 한다고 주장했었다. 그 후 교육감의 주장대로 학생과 학부모의 자율적 선택을 골자로 하는 조례를 만들려 하자 말을 바꾸어 자율적 선택을 반대하고 있다. 일부 교육 관료 출신 의원들도 노골적으로 학부모와 학생의 선택권을 허용해서는 안 된다고 하며 '강제적'이어야 한다고 주장한다.

이제는 한발 더 나아가 학생의 정규 교육 과정 외 학습 선택권을 '교권 침해'라고 말하는 사람까지 있다. 필자는 이 주장을 접하는 순간 '교육에서 학부모와 학생이 설자리가 어디에 있는가'라는 생각이 들었다. 교사와 더불어 학생과 학부모를 교육의 주체라고 하면서도 교육에 대해 아무런 권리도 행사할 수 없단 말인가. 학부모는 그저 자녀를 학교에 보내고 교육비나 부담하는 역할만 해야 하는가. 원하는 대로 학부모와 학생을 강제하는 것이 진정한 교권 수호일까.

아니다. 그것은 민주적 교권이 아니다. 민주적 교권은 정규 교육 과정 외 학습을 자율적으로 선택하기 바라는 학부모와 학생의 '최소한의 자기 선택 권리' 주장을 묵살하지 않는다. 민주적 교권은 학부모와 학생을 교육의 동반자로 본다. 즉, 교육을 위해 교권, 학생의 학습권, 자녀 교육권이 조화를 이룰 때 진정한 교권이 보장되는 것이다.

교권이나 학생 인권은 인권의 하부 개념이다. 그래서 교권이나 학생 인권은 어느 것이 더 우월하다고 볼 수 없다. 단지 상호 존중하고 협력하는 인권 개념인 것이다. 만약 교권을 '학부모나 학생을 맘대로 통제하는 우월적인 권한'으로 이해한다거나, 반대로 학생 인권을 '교권보다 우월한 권한'으로 이해한다면 둘 다 민주적 인권 범위를 넘어선 비민주적 교권과 비민주적 학생 인권이 되는 것이다.

카다피와 같은 독재자는 국민들을 우습게 알고 국민들의 권한을 자신과 측근들에게 집중시켜 자신의 이득을 최우선으로 삼아 엄청난 재산을 축적했다. 하지만 그의 입에서는 항상 국민을 가장 많이 생각한다는 말을 토해냈다. 이러한 독재 정권과는 달리 민주 시대의 권리는 특정한 사람에게 권력이 집중되지 않고 모든 사람에게 골고루 나누어주는 것이다. 물론 권리뿐만 아니라 그에 따른 책임도 마찬가지다.

정치가 국민의 목소리를 듣고 시대의 민심을 정책에 반영하는 것처럼 교육도 학부모와 학생들 위에 군림하고 강제하는 것이 아니라, 학부모와 학생을 교육의 동반자로 받아들일 때 건강하게 발전할 수 있는 것이다. 이러한 정신에 바탕을 두고 학부모와 학생에게 정규 교육 과정 외 학습의 선택권을 주자는 조례를 추진 중이다.

많은 사람들이 교권이란 말을 사용하지만 각기 다른 의미를 가지고 있다. 어떤 사람은 가르칠 권리로서 학부모와 학생과 함께하는 민주적 교권을 말하고, 어떤 사람은 학부모와 학생위에 군림하는 우월적 지위의 비민주적 교권을 말한다. 전자의 경우는 학생과 학부모에게 방과 후 교육에 대한 선택권을 주는 것을 교권 실천으로 볼 것이고, 후자의 경우 학부모와 학생들에게 선택권을 주자는 주장 자체를 교권 침해로 볼 것이다. 사람들이 교권이란 같은 단어를 사용할지라도 서로 다른 개념이나 내용으로 이해하고 있음을 알 수 있다.

학부모와 학생보다 우월한 권한을 강조하는 비민주적 교권은 구시대 역사의 잔재에 불과하다. 이 시대는 더 이상 모든 권한을 집중하는 왕조 시대나 독재자에게 박수를 보내는 시대가 아니다. 인터넷, 트위터, 여러 방송, 신문 매체로 인해 온갖 정보가 넘쳐나고 공유된다. 이러한 시대에 만약 비민주적 교권만 계속 주장한다면 교육 주체간의 갈등은 지속될 수밖에 없다.

이번 회기에 '학습조례안'과 함께 '교권조례안'도 발의된다. 교권조례 안에는 교권을 이렇게 정의하고 있다. '교권이란 학생에 대한 교원의 우월적 지위가 아니라 국민의 자녀 교육권을 위임받아 교원 자신이 가지는 전문 교과에 대한 지적 능력, 높은 수준의 덕성과 인격을 바탕으로 진리와 양심에 따라 외부의 부당한 지배나 간섭없이 자유롭게 교육할 수 있는 권리'라고……

2011년 9월 6일 / 인천시의원

4.1. 결식 아동 문제 해결 시급 4.2. 너무 안이한 여름 방학 중식 지원 체계 4.3. 학생 중식 행정의 일원화 필요성 4.4. 학생 중식 지원 행정 4.5. 여전히 문제 많은 학교 급식 4.6. 학교 급식도 교육이다 4.7. 학교 급식 다시 위탁 급식 하자고? 4.8. 거꾸로 가는 학교 급식 행정 4.9. 무상 급식, 이제 실천만 남았다 4.10. 급식도 교육이다 4.11. 보다 민주적인 학교 급식을 바라며 4.12. 나라미 학교 급식

4 학교 급식,

학교 급식도 교육이다.

4.1. 학교 급식과 결식 아동 2006년: 결식 아동 문제 해결 시급

결식 아동 문제 해결 시급

사람에게 가장 무서운 것은 배고픔의 고통일 것이다. 필자의 어린 시절 기억도 그러하다. 김밥에, 삶은 달걀에, 음료수에, 생각만 해도 즐거운 소풍. 그러나 내겐 그저 꿈인 적이 있었다. 맨밥을 싸가서 부끄러워 친구들 모르게 구석에 가서 얼른 먹어버렸다. 또 도시락을 못 싸간 때에는 운동장 수돗가에서 물로 배를 채운 적도 있다. 배고픈 필자에게 주변의 아름다운 공원은 전혀 아름다워 보이지 않았다. 내겐 오직 배고픔과 부끄러움이 전부였다.

여전히 양극화와 결식 아동이 사회 문제인 요즘, 웬만한 학교는 1억 원짜리 학교 공원화 및 조경화 사업이 한창 진행 중이다. 학교 운동장 한 구석에 분수를 만들고, 나무를 심고, 벤치도 만들어 아이들의 쉼터로 만들겠다는 구상일 것이다. 학교야 빠듯한 자체 예산을 써야하는 사업이 아니니 마다할 이유가 없다. 그것도 아이들의 쉼터를 만들어 주겠다는 시와 지자체의 친절한(?) 지원을 왜 거절하겠는가. 그런데, 아닌 밤중에

홍두깨라고 왜 갑자기 그런 수십억 원의 거액의 돈이 학교에 지원되고 있을까. 때가 때이니 만큼 아무래도 정치적 냄새가 나는 것 같다.

수십억 원이 학교 공원화 사업에 쓰이는 것과는 대조적으로, 올해 갑자기 인천시교육청이 지원하던 중·고등학교 조리종사원 인건비가 전액 삭감되었다. 인천 지역 79개 중·고교에서 16억 원이 모두 삭감되었다. 인천학교 급식시민모임과 인천시교육감과의 간담회에서 교육감은 삭감 이유를 '저소득층 자녀 학교 급식비 지원 예산'을 확보하기 위해서라고 했다. 또 다른 이유는 타시도와 형평성을 맞추기 위함이란다. 타시도는 지원 안하는데 재정이 어려운 인천만 할 수는 없다고 답했다.

물론 그럴 수 있다고 생각했다. 그런데 내용을 좀더 자세히 살펴보면 인천시와 교육청이 이래도 되는가 싶을 정도로 화가 난다. 조리종사원 인건비 삭감은 그대로 학교 급식비 인상으로 이어지고, 학부모들은 영문도 모른채 매끼 일 이백 원 오른 급식비를 내게 된다. 더 내는 만큼 내 아이 먹을거리가 나아지려나보다 순진하게 생각하면서……

문제는 토요일·공휴일 결식 아동 학교 급식비를 올해 인천시가 전혀 지원하지 않아 교육청이 부담할 저소득층 학교 급식 지원비 액수가 눈덩이처럼 불어났고, 교육청은 할 수 없이 조리종사원 인건비를 삭감하여 저소득층 자녀 중식 지원비로 충당하게 된 것이다. 앞으로 매년 20%씩 증가가 예상되는 결식 아동 지원비는 또 어떻게 처리할지 걱정된다.

시와 지자체가 배고픈 아이들의 학교 급식 지원은 외면하고 학교당 1억원이나 하는 학교 공원화 사업을 우선하는 것은 뭔가 잘못되지 않았는가. 배고픈 설움을 경험했던 사람들은 잘 안다. 그것이 얼마나 사치인지를……. 당장 눈에 보이는 학교 공원화 사업은 그럴 듯해 보이지만 그 뒤에서 눈물을 삼키는 결식 아동들의 고통이 묻혀 있음을 간과해서는 안 된다. 교육의 중립성·자주성을 강조하고 싶다면, 교육청은 무엇보다 교육이 정략적으로 이용되거나 정치적 논리에 의해서 좌우되지 않도록 해야 한다.

이런 와중에 교육위 의정비 인상 소급 적용 논란을 지켜보며 착잡한 마음이 일어난다. 교육 재정의 어려움을 감안하여 충청북도 교육위와 울산시교육위가 의정비 인상을 동결하기로 자체 결의했다고 하는데, 전국에서 가장 심각한 교육 재정에 허덕이는 인천교육을 감시하는 인천시교육위는 어떻게 나올지 귀추가 주목된다.

지방자치법 개정에 따른 인상 소급 적용이니, 1월부터 챙겨 받는 것이 준법이니 아무 문제가 없다고 할 것인가. 의정비 한 푼이라도 더 받는 것 싫어할 사람이 있겠는가. 그러나 어려운 인천 교육 재정 여건과 굶는 아이들을 위해 인천의 학부모 모두가 고통을 나누고 있는 현실을 안다면, 인천시교육위는 현명한 판단을 하여야 한다. 더 늦기 전에…….

경인일보 NGO, 2006년 5월 4일자 / 참교육학부모회 인천지부장

4.2. 학교 급식과 결식 아동 2009년
너무 안이한 여름 방학 중식 지원 체계

거의 모든 초 · 중 · 고등학교가 여름 방학에 들어갔다. 모든 학생들이 몸과 마음을 살찌울 수 있는 충전의 시간이 됐으면 하는 바람이다. 이런 바람과 함께, 이른바 결식 아동이라 불리는 저소득층 학생들의 끼니가 큰 걱정이다.

올해 1월 기준으로 교육청이 지원한 학기 중 급식 지원자는 4만 6300명(189억 원)이다. 그런데 지난 겨울 방학에 지원받은 학생은 3만 631명(106억 원)으로 1만 5669명이나 줄었다.

7월 현재 1월보다 7천 명이 늘어나 중식 지원 대상 학생은 5만 3000명에 이른다. 이들 중 올 여름 방학에 급식을 신청한 학생은 3만 9197명이고 지원을 하지 않은 학생은 1만 3867명이다. 거의 매년 방학 때면 학기 중보다 30%정도의 학생들이 이런 저런 이유로 급식 지원을 하지 않는 것이다. 그러면 이 학생들 모두가 방학 중 자체적으로 급식을 해결한다고 봐야하는가? 정말 한 명의 결식 학생도 없다는 말인가?

교육청은 학생들이 방학 동안 중식 지원을 신청하지 않아 이러한 차이가 발생했다고 한다. 하지만 학생들이 신청하지 않았기 때문이라고 단순하게 넘길 수 있는 문제가 아니다. 중요한 건 신청하지 않은 이유를 밝혀 개선책을 강구하는 것이다. 학기 중에는 교육청에서 중식을 지원하고, 방학 동안에는 지방 자치 단체가 중식 지원을 맡는다. 이에 따라 중식 지원 형태가 달라진다. 이러한 지원 시스템에서 문제가 발생함을 충분히 짐작할 수 있다.

여름 방학을 앞두고 한 명의 결식 학생도 발생하지 않도록 해야 한다며, 본 위원이 몇 차례 여름 방학 중 중식 지원 상황에 대해 물었으나, 시교육청은 지난 6월 전체 대상자 명단을 시에 넘겼다는 답변만 했다가 '방학 다 됐는데 아직 파악조차 안 하고 있느냐'고 다그치자 부랴부랴 7월 20일에서야 집계를 내놓았다.

그동안의 과정을 보면 방학 중 중식 지원 학생이 학기 중보다 매번 30%이상 줄었기 때문에, 방학이 시작되기 전 시와 각 학교에 결식 학생이 발생하지 않도록 적극 협조를 요구했던 것이다.

시와 시교육청은 신청한 학생이 어떤 식으로 지원받는지(일반 음식점, 도시락 배달, 지역 아동 센터 등 단체 급식소 이용, 쌀과 부식 지급, 식품권 등) 그 유형을 파악하고, 학기 중 지원받던 학생이 방학 기간에 중식 지원을 신청하지 않은 이유를 구체적으로 파악해야한다.

혹여 사춘기 학생들이 학기 중 학교 급식을 할 때와 달리 저소득층 자녀라는 사실을 밝혀야 하는 수치심 때문에 신청을 안 하는 것은 아닌지, 세심하게 배려해야 한다. 심리적인 부담과 상처를 주지 않으면서 방학 중 중식 지원이 가능한 행정 지원 방안을 강구해야할 것이다.

하지만 시교육청은 학기 중 급식 지원만이 책임의 전부인양 방학 중 중식 지원에는 너무 느긋하다. 학생들이 신청하지 않아 지원받지 못하는 것이라는 너무도 안이하고 무책임한 행정을 보이고 있다.

해마다 반복해서 여러 차례 이런 문제점에 대한 지적을 받고도 고치지 않고 있다. 언젠가는 학생 급식 지원 체계가 일원화돼야겠지만, 현재의 이원화된 체계 속에서도 시와 교육청이 잘 협조하면 방학 중 결식 학생을 크게 줄일 수 있을 것이다.

시와 교육청은 지금이라도 서둘러 이에 대한 대안을 마련해 올해 여름 방학 중 한 명의 결식 학생도 발생하지 않도록 해야 한다.

부평신문, 2009년 7월 22일자 / 인천시교육위원회 부의장

학생 중식 행정의 일원화 필요성

사람이 인간답게 살아가려면 여러 가지 요건이 충족되어야 한다. 그중 가장 기본적인 것 두 가지는 생존권과 행복 추구권이 아닌가 싶다. 즉, 정신적으로나 육체적으로 안녕과 만족을 느낄 수 있는 상태를 누구나 원하는 것이다. 특히, 하루 세끼를 먹을 수 있어야 하고, 자신의 꿈과 비전을 위해 노력하면 성취할 수 있는 사회일 것이다.

하지만 어떠한 이유에서건 국가의 미래인 자라나는 청소년들이 굶거나 배고픔을 자주 경험해야만 하는 사회라면 이는 건강하고 지속 발전이 가능한 국가라 할 수 없을 것이다.

더욱이 어려운 형편의 학생에게 중식을 지원하는 업무를 담당하고 있는 관계 당국의 이원화로, 그때 그때 다른 행정 절차와 상황에 따라 지원 대상자였다가 제외되는 등 오락가락하면 그 피해는 중식 지원을 받는 학생들에게 돌아갈 수밖에 없다.

국민 대다수가 가난하여 춥고 배고픔을 경험하던 삼 사십년 전 얘기를 하는 것이 아니다. 세계 경제 13위를 자랑하는 21세기 지금 우리나라에서 일어나는 상황을 말하는 것이다.

매년 방학만 되면 반복적으로 학생들에 대한 중식 지원 문제가 불거진다. 필자가 이미 몇 년전부터 이 문제에 관심을 갖고 여러 차례 지적하고 관계 당국에 대안을 제시해 왔지만 개선되지 않고 있다. 교육 당국은 지자체에, 지자체는 교육 당국에 책임을 떠넘기는 식인 것이다.

행정이원화에 따라 어쩔 수 없는 측면도 있겠지만, 그렇기에 더욱 중식 지원 행정 일원화가 시급한 것이다. 중식 지원 대상이 초중고 학생에 한정되어 있고, 국가적 차원의 예산이라면 중앙 정부에서 적절히 조정하여 한 명의 결식 학생도 발생하지 않게 해야 할 것이다. 필자는 학생들을 늘 접하며 가정 형편을 가장 잘 파악할 수 있는 교육 당국이 맡는 것이 합리적일 것이라고 생각한다.

앞서 지적한 대로 학생들에 대한 중식 지원은 행정의 이원화로 어려움을 겪어왔다. 문제의 핵심은 학기 중과 방학 중의 중식 지원 학생 수가 큰 차이를 보이고 있을 뿐만 아니라 매년 그 숫자 역시 들쑥날쑥하다는 것이다. 가장 큰 원인은 학기 중에는 교육청에서, 방학 중에는 지자체에서 지원하면서 지원 절차와 선정 과정이 다르거나 복잡하여 중식 지원자 수가 그때 그때 달라지는 것이다.

실제로 올 겨울 방학 기간 인천 지역 초·중·고교 재학생 42만3천 433명 가운데 중식 지원 대상자는 3만1천248명이다. 그런데 학기 중에는 5만4천245명이 중식 지원을 받았었다. 무슨 영문인지 2만2천997명이 중식 지원 대상에서 제외된 것이다. 지난 여름 방학 때 지원받은 학생이 4만2천760명인 것에 비하면 1만1천512명이 줄었다. 학기 중과 방학 중 지원 대상자 수의 큰 차이는 물론 여름 방학과 겨울 방학까지 차이가 난다. 그런데 이런 현상이 매년 반복되고 있다는데 더 큰 문제가 있다.

특히 올해 큰 차이가 나는 이유에 대해 담당자는 중앙정부가 '실제로 굶는 아이들만 선정해서 지원하라'고 해서 그런 것이 아니겠느냐고 했다. 그렇다면 학기 중에 중식 지원이 필요 없는 아이들을 학교가 잘못 파악해서 과다 지원해 왔다는 말인가. 지원 대상 선정 지침과 절차에 의해, 그리고 법적 지원 대상이 아니라도 갑자기 가정 형편이 어려워진 경우 등 중식 지원 대상 선정은 자로 재듯이 할 수 없는 것이다.

학기 중에는 기초생활보호대상자나 차상위 저소득층 자녀 등 법적 기준과 학생들의 형편을 잘 파악하고 있는 학급 담임 교사의 판단에 의해 중식 지원이 되어 왔다. 그리고 학교에서 단체 급식을 하기 때문에 학생들이 심리적 부담을 느끼지 않고 자연스럽게 급식이 가능하다. 따라서 방학 때가 이들에게 더 세심한 배려가 필요하다.

그런데 방학때는 교육 당국이 전체 명단을 지자체에 넘겨주고 지자체가 이런 저런 확인 절차를 거치므로 까다로운 선정 절차에 거부감을 느껴 지원을 기피하는 경우가 발생할 수 있다. 지원 방법도 지정 음식점, 도시락 배달, 지역 아동 센타, 복지관이나 식품권 등 여러 가지 중에서 선택해야 한다. 정서적으로 예민한 사춘기 청소년인 이들이 중식 지원 학생이라는 수치심을 느끼지 않도록 하면서 굶는 학생이 발생하지 않도록 세심한 배려가 필요한 것이다.

올해는 지난해보다 지자체의 학생 중식 지원 예산이 늘어났다고 한다. 2009년 149억 원이던 것이 2010년에는 152억 원으로 증액 편성되었다고 한다. 예산은 늘었는데 중식 지원 학생은 오히려 2만 명 이상 줄어 들었다. 중식 지원에 대한 수요 예측을 잘못하여 세운 예산이 아니라면 당연히 중식 지원 대상 학생들에게 그 혜택이 돌아가도록 해야 할 것이다. 중식 지원 예산을 늘려도 선정 기준과 절차를 지나치게 엄격하게 적용하여 대상자가 줄어든다면, 이는 겉으로만 보기좋게 포장한 전시 행정으로 비쳐질 수 있을 것이다.

인천뿐만 아니라 전국에서 매년 반복되고 있는 학생 중식 지원 문제가 중앙정부 차원에서 조속히 일원화되어 다시는 방학마다 이런 문제를 언급하지 않기를 바란다.

인천일보, 2010년 1월 13일자 / 인천시교육위원회 부의장

4.4. 학교 급식과 결식 아동 2012년
학생 중식 지원 행정

그동안 저소득층 학생에 대한 중식 지원 업무를 학기 중에는 교과부, 방학중에는 보건복지부가 담당하면서 저소득층 학생에 대한 중식 지원 행정이 이원화되어 많은 문제 특히, 방학 중 대상서 누락된 학생이 결식할 우려와 개선의 목소리가 많았다. 하지만 내년부터 저소득층 학생에 대한 교육 복지 지원 업무가 지자체로 일원화될 전망이다.

학기 중과 방학 때 저소득층 학생 중식비 지원 주체가 달라 인천 지역 저소득층 중고생 4만여 명 중 1만여 명이 방학 동안 중식 지원을 제대로 받지 못한다는 우려가 줄곧 제기되었다. 교과부와 복지부는 지난 9월 '저소득층 학생 교육비 지원 절차를 개선하기 위한 업무 협약을 체결하고 저소득층 학생에 대한 각종 교육비 신청·접수 업무를 학교에서 읍면동으로 위임하고 소득 재산 조사 방식을 도입키로 했다.

교과부의 교육행정정보시스템과 보건복지부의 사회복지통합관리망 연계시스템을 구축해 내년부터는 학부모가 읍면동 주민센타나 온라인으로 신청을 하면 소득·재산 조사 결과에 따라 교육비를 지원받게 된다. 소득·재산을 자동으로 조사해 학교 교육행정정보시스템에 지원 대상자를 알려주는 방식으로 운영되는 것이다.

교육비 신청도 1회만 하면, 해마다 별도 신청없이 대상 자격을 유지하는 한 계속해서 지원받을 수 있다. 지원 대상자 선정 기준도 건강보험료 납부액 기준에서 신청 가구의 소득과 재산, 부채 등 소득·재산 기준으로 바뀐다. 이렇게 되면 그동안 매년 반복 신청해야 했던 학부모의 불편이 해소되고 이원화됐던 기준이 하나로 통합된 '소득·재산 조사 방식'으로 실제 지원이 필요한 저소득층 학생에게 교육비 지원이 수월해질 것 같다.

그러나 이번 체계 일원화가 이전보다 분명 개선된 내용이지만 몇가지 우려되는 바가 없지 않다. 첫째, 그동안 교과부가 지원하던 업무가 지자체로 이관돼 총 105억 원에 달하는 예산이 더 들어간다. 이 예산은 교과부와 시도교육청이 자치 단체 경상보조금 형식으로 내년 1월초에 전출해야 한다. 인천은 5억5700만 원을 지자체에 지급해야 한다.

둘째, 교과부는 그동안 '교육비 원클릭 시스템'을 운영하여 중식 지원, 방과 후 학교 수강권, 교육비, 교육 정보화 지원 등을 묶어서 학기초에 저소득층 학생들에게 지원해 왔었다. 특히, 학교 급식은 여름 방학, 겨울 방학을 제외한 학기 중에는 학교에서 지원해온 터라, 저소득층 학생들에 대한 교육 복지 지원과 관리 주체가 지자체로 넘어간 것이 전보다 더 나은 교육 복지 서비스로 이어질지 지켜봐야 할 것 같다.

마지막으로 그동안 교과부보다 복지부 기준이 더 엄격해 방학중 급식 지원 대상 학생이 더 적었던 점을 고려할 때, 이번에 새롭게 마련된 기준과 지원 행정의 일원화가 좀 더 많은 저소득층 아이들에게 실질적인 수혜가 돌아갈 수 있도록 해야 할 것이다.

한편, 저소득층 학생에 대한 교육 복지 지원 업무가 지자체로 이관되더라도, 시교육청은 학교장 추천 등을 통해 가정 형편이 어려워진 학생들에게 자체 지원을 계속해야 할 것이다. 교육은 여전히 교육청 책임이고 학교만큼 아이들의 형편을 잘 아는 곳도 없기 때문이다.

인천일보, 2012년 11월 15일자 / 인천시의원

4.5. 학교 급식과 무상 급식 4년 전-위탁에서 직영으로
여전히 문제 많은 학교 급식

　"지부장님, 복잡한 법적인 문제는 잘 모르지만 제발 우리 애 다니는 학교 직영 급식 좀 하게 도와주세요." 무더위가 기승을 떨던 8월 초 늦은 밤에 한 학부모로부터 다급한 전화가 걸려왔다. 그 후로도 몇 학교 학부모들이 필자에게 전화로 같은 내용의 호소를 했다. 내용인즉, 인천의 13개학교 위탁 급식을 하던 대형 모 위탁 급식 업체가 부도 나 학교 급식 중단 통보를 해왔고, 학교는 방학 중임에도 2학기 급식 차질을 막기 위해학교운영위원회를 열어 급식 형태(직영이나 위탁)를 심의 결정할 수밖에 없었는데, 며칠 지나지 않아 업체는 채권단과 합의가 잘돼서 급식을 재개할 수 있다는 일방적인 통보를 해왔다는 것이다.

　위탁 급식 업체 측의 부도로 2학기 급식이 정상적으로 되기 어렵다고 판단한 두 중학교는 이 기회에 직영 전환하기로 학운위에서 심의를 했다. 교육청에 직영 전환에 필요한 예산을 요청, 지원이 확정된 상황이라 더 이상 그 업체와 학교 급식을 할 수 없다며 해지 통보를 하려 했다. 그러자 그 업체는 법적 소송 운운하며 이런저런 이유로 학교를 압박했고, 난감해진 학교는 여러 차례 학운위를 거치면서도 갈팡질팡하는 상황이었다. 교육청의 개입과 조정을 통해 직영 급식을 위한 정상화 방안은 마련했지만, 2학기 개학을 한 지금까지도 정상적인 학교 급식을 못하고 있는 상황이다.

지난 6월 30일, 학교 급식법 개정안의 국회 통과로 모든 초·중학교의 직영 급식을 의무화한 상황인데, 위탁 급식 업체에 의한 횡포가 웬 말인가 싶겠지만 아직도 이런 황당한 일이 버젓이 일어나는 것이 현실이다. 여름 방학 내내 이 위탁 급식 업체와의 지난한 싸움을 하면서 직영 급식이 된다면 힘들어도 당분간 도시락을 직접 싸겠다는 학부모의 의지가 있어 그나마 잘 해결될 것 같아 보인다.

온 나라를 떠들썩하게 한 대형 학교 급식 식중독 사고가 있은 지 두 달밖에 안됐건만, 언제 그런 일이 있었냐는 듯이 벌써 다 잊은 것 같다. 학교 급식이 도입된 이래 최대 규모의 식중독 사고라 난리법석이었고, 부랴부랴 몇 년간 묵혀있던 '직영 급식'을 골자로 한 학교 급식법 개정안이 국회를 통과했다. 급식 사고를 낸 업체가 국내 최대 위탁 급식 업체 중 하나인 CJ푸드시스템이었기에 가능한 일이 아니었나 싶다.

그러나 학교 급식법개정안이 통과되고, 인천시교육청이 식중독 사고를 낸 CJ푸드시스템이 운영하던 17개 학교를 우선 직영 급식으로 전환하겠다고 발표할 때도 필자는 과연 직영 급식으로 쉽게 전환될까 의구심을 갖지 않을 수 없었다.

위의 두 중학교가 위탁 급식에서 직영 급식으로 전환하려 노력하면서

겪는 어려움에서도 알 수 있듯이 여전히 학교 급식 문제, 특히 위탁 급식 문제는 학교 현장 곳곳에 남아있다. 학교 급식을 직영으로 전환하도록 의무화하는 법적 토대를 마련했어도 막대한 예산, 학교 관리자들의 직영 급식 기피 현상과 의지 부족, 위탁 급식 업체들의 끊임없는 방해 공작 등 넘어야 할 산이 많기 때문이다.

아이들의 건강을 위한 안전한 먹거리 마련 및 급식 업체에 대한 철저한 관리 감독 책임은 일차적으로 정부와 교육당국에 있다. 개정 학교 급식법이 초·중학교는 직영 의무화하였지만 고등학교는 식자재 선정·구매·검수만 직영하고 조리와 배식·세척 업무는 위탁할 수 있는 등여전히 불완전하고 개선의 여지가 많은 학교 급식 형태가 존속하고 있다.

법과 제도의 개선도 중요하지만 그보다 중요한 것은 학교 급식을 바라보는 우리의 시각과 의식이 아니겠는가. 학교 급식을 통해 이윤만을 챙기려는 급식업체, 학교는 공부만 잘시키면 되지 밥까지 신경써야하냐고 생각하는 일부 교육 관리자, 그리고 집단 식중독 사고 등 급식 사고가 터질때만 잠시 위생 실태 파악과 특별 점검 등 땜질식 대처 방안을 하다마는 정부와 교육당국이 먼저 각성해야 한다. 이런 근본적 변화없이 학교 급식 환경 개선을 위한 어떠한 말도 한낱 허망한 구호일 뿐이다.

경인일보 NGO, 2006년 8월 24일자 / 참교육학부모회 인천지부장

4.6. 학교 급식과 무상 급식 3년 전—교육 개념의 확대
학교 급식도 교육이다

"학교는 아이들 공부시키는 곳이지 밥해 먹이는 곳이 아니다."라고 말하는 학교 관리자들. "급식비만 제대로 잘 내면 됐지 급식은 학교가 다 알아서 해야 되는 것 아닌가."라며 급식 문제를 모두 학교에 떠넘기다가 문제가 생겨야 야단법석을 떠는 일부 학부모들……. 아이들의 건강보다는 돈만 더 벌려고 하는 일부 윤리 부재의 급식업체들. 인력과 예산 부족을 이유로 일 년에 두어 차례 급식업체 위생 점검만으로 학교 급식 관리를 다했다고 생각하는 학교 급식 관리당국……. 이들의 공통점은 급식을 교육으로 보지 않는다는 점이다.

이렇게 교육의 주체들이 급식을 교육으로 보지 않는다면 학교 급식 정책은 갈피를 못 잡고 갈팡질팡할 수밖에 없다. 우리나라 급식의 역사를 돌아보면 위탁 급식이 직영 급식에 비해 훨씬 더 많은 문제를 드러내 왔다. 예로 식중독 사고율도 위탁 급식이 직영 급식에 비해 세 배 높고 급식비에서 식재료비가 차지하는 비율도 직영 급식은 대체로 80%를 넘는 반면, 위탁 급식은 교육당국의 권고치인 65%에 훨씬 못 미치는 경우가 많다. 영리를 기본 목적으로 하는 위탁 급식은 초기 투자 설비비, 감가상각비, 인건비, 식재료비 외에 수익이 보장돼야 하므로 식재료비를 줄일 수밖에 없다. 저가 식재료 사용으로 인한 낮은 질의 학교 급식은 당연한 결과인 것이다.

이를 증명이라도 하듯이 작년 한 대형 위탁 급식 업체가 운영하는 학교들에서 집단 식중독 사고가 발생하여 3천 명이 넘는 학생이 고통을 받았다. 이 대형 식중독 사고를 계기로 국회에서 몇 년간 방치돼 있던 직영 급식을 골자로 하는 학교 급식법이 서둘러 개정되었다.

어찌된 일인지 이렇게 개정된 지 채 일 년도 안 되어 일부 국회의원들을 중심으로 급식인증제 도입과 더불어 위탁 급식을 허용하자는 학교 급식법 일부 개정안이 전격 발의되어 학교 급식과 아이들의 건강을 염려하는 많은 학부모들의 속을 태우고 있다. 급식인증제만 도입하면 위탁 급식의 문제점이 사라지고 질 좋고 위생적인 학교 급식이 될 수 있다고 보는 것 같다.

하지만 인증제를 갖춘 위탁 급식 업체에 다시 학교 급식을 맡기더라도 질과 안전성이 충분히 확보되어 식중독 사고를 완전히 예방할 수 있을 거라고는 생각지 않는다. 왜냐하면 아무리 그럴듯한 학교 급식 규정과 제도를 마련한다 해도 '학교 급식도 교육'이라는 교육 주체들의 의식 없이는 누구도 책임지기 싫어하고 귀찮은 잡무로 여겨져서 내팽겨 처지게 된다. 그렇게 되면 급식의 안전성이 점차로 무너져 또다시 식중독 위험에 노출될 수밖에 없다.

매일 730만 명의 초중고 아이들이 한 끼 이상 학교에서 밥을 먹는다. 이제는 교과서를 가르치는 것만이 교육의 전부가 아니다. 학교 급식도 교육의 범주에 넣는 것이 너무도 당연하다. 따라서 교육의 주체 모두가 아이들의 건강을 위해 급식에 교육적 관심을 갖고 개선을 위해 함께 노력해야 한다.

학교 관리자들은 급식을 교육적 관점에서 운영하고 학부모들 역시 교육의 한 주체로서 검수 및 모니터링에 적극적인 참여로 협조해야 한다. 또한 학교 급식 관련업체들은 내 자녀를 먹인다는 생각으로 정직한 납품과 운영을 해야 하며 관리당국은 보다 적극적이고 철저한 위생 점검 및 급식 교육 지원을 해야 한다. 이럴 때 학교 급식의 질, 안전성, 교육적 효과는 배가될 수 있다.

인천일보, 2007년 9월 13일자 / 참교육학부모회 인천지부장

4.7. 학교 급식과 무상 급식 2년 전-무상 급식의 위기
학교 급식 다시 위탁 급식 하자고?

건강한 먹을거리와 교육권. 이 두 가지는 인간의 기본권이다. 더욱이 자라나는 우리 아이들에게 학교 급식은 더 중요하다. 그래서 더 나은 학교 급식과 안전성 확보는 늘 교육의 관심사다. 인천도 학교 급식을 실시한 지 10년이 지났다. 학교 급식은 그동안 우여곡절이 있었지만 나름대로 발전적 방향으로 개선돼 왔다.

그런데 최근 인천의 모 국회의원을 중심으로 학교 급식의 역사를 거꾸로 되돌릴 수 있는 '학교 급식법 재개정'을 추진해 우려를 낳고 있다.

2006년 7월 '직영 급식'을 골자로 하는 학교 급식법이 어떻게 통과되었는가? 인천을 비롯해 서울, 경기 등에서 3,000명 이상의 학생이 대형 위탁 급식 업체의 무책임한 급식 사고로 고통을 치른 대가로 탄생하지 않았던가!

양식 있는 교육자들과 학부모들은 위탁 급식을 직영 급식으로 완전 전환할 것을 줄곧 주장해왔다. 하지만 번번이 외면되고 무시되다가 그해 대형 식중독 사고를 계기로 몇 년간 묵혀 있던 학교 급식법이 국회에서 부랴부랴 통과됐다.

그런데 불과 개정된 지 2년밖에 안 된 학교 급식법을 왜 재개정하려는 것인가.

단위 학교에 학교 급식 운영에 대한 자율권을 주어 직영 전환 여부를 스스로 선택하도록 한다고 하지만, 과거 10년간 단계적으로 직영으로 전환해 현재 전국적으로 88.5%(9827개교)의 초중고교가 직영 급식을 하게 된 배경을 파악했다면 이렇게 쉽게 재개정을 추진할 수 없을 것이다.

교육과학기술부 통계에 따르면 지난 8년간 위탁 급식은 직영 급식에 비해 식중독 사고율이 훨씬 높았다. 2005년은 3배, 2006년 10배, 2007년 4배 등 최근 8년간 누적 평균에서도 위탁 급식은 직영 급식에 비해 식중독 사고가 5.3배 높다.

질과 안전성이 위탁 급식에 비해 높은 직영 급식에 대한 교육 주체의 요구와 기대에도 불구하고 법 개정을 강행한다면 이는 학생들의 건강권을 위협하고 학교 급식을 후퇴시키는 결과를 낳을 것이다.

동아일보, 2008년 9월 5일자 / 인천시교육위 부의장, 참교육학부모회 인천지부장

4.8. 학교 급식과 무상 급식 1년 전−관료 중심에서 학교 자율로
거꾸로 가는 학교 급식 행정

　인천시교육청이 최근 학교 급식업체 선정 방식과 관련해 시행한 공문은 교육당국이 진정으로 학생들의 건강과 급식에 대한 개선 의지가 있는지를 의심케 한다. 수의 계약시 업무 처리 방식이란 이번 공문에는 가급적 지정 정보 처리 장치를 이용하지 않고, 급식소위원회에서 서류 심사(견적서 포함) 및 현장 방문 평가 후 납품업체로서 적격한 2~3개 업체를 학교장에게 '순위 없이' 추천하면 학교장이 1개 업체를 선정하라고 돼 있다.

　그동안 학교 급식업체는 급식소위원회가 서류 심사 및 현장 방문을 실시하여 가격과 품질, 시설 위생 상태, 납품 실적 등에 순위를 매겨 추천하면, 학교장은 가장 우수한 업체를 선정해 왔었다. 그런데 '순위 없이' 2~3개를 추천하여 학교장이 1개 업체를 선정하라니 무슨 의도인가. 모든 면에서 우수한 1위 업체를 선정 계약하라고 하는 것이 당연하지 않은가. 공문 제목은 '학교 급식 관련 업무 개선 알림'인데 실제 내용은 개선이 아니라 '개악'하는 방향으로 가고 있어 그 배경이 의심스럽고 우려된다.

처음 학교 급식을 도입한 이래로 벌써 10년이 지났다. 이제 학교 급식의 장·단점이 무엇인지 다 알만한 때가 되었다. 더욱이 2006년 여름, 위탁 급식에 의한 집단 식중독 사고 이후, '직영'을 골자로 하는 학교 급식법이 통과되기에 이르렀다. 2010년부터는 모든 학교가 피치 못할 사정이 없는 한 직영 급식을 해야 한다. 교육부는 학교 급식법 개정과 함께 학교 급식 개선 종합 계획을 수립하고, 일선 시·도교육청에 학교 급식 개선안을 만들도록 했다. 각 시·도 급식 관련 조례 개정에 따라 얼마 전에 인천도 관련 조례를 개정하여 각 학교에 급식소위원회를 의무 설치하도록 했다.

왜 교육부가 시·도 조례나 학교운영위원회 규정에 다른 소위원회처럼 필요에 따라 두도록 하지 않고 급식 소위를 의무 설치하게 한 것일까. 이는 아이들이 매일 먹는 먹을거리의 문제이고 학생들의 건강과 직결되는 매우 중요한 부분이기에 반드시 급식소위원회를 설치케 한 것이다.

급식소위원회는 납품업체 선정, 식자재 검수 및 모니터링, 현장 실사, 급식 체험의 날 운영, 급식 만족도 조사 등 우리 아이들에게 질 좋고 맛있는 급식을 하기 위한 일을 한다. 그런데 인천시교육청은 무슨 영문인지 급식소위원회가 우수 업체 선정을 위해 서류 심사와 현장 조사까지 하여 순위 없이 학교장에게 추천하라는 '앞뒤 안 맞는' 주문을 하고 있다.

급식소위원회 활동을 한 사람은 다 알겠지만 제대로 업체 선정을 하려면 꼬박 4~5일은 현장을 둘러봐야 한다. 아무리 부지런히 현장을 돌아보고 우수업체를 선정해도 순위 없이 추천해야 한다면 급식소위원회 활동은 하나마나 하게 된다. 조례에는 급식소위원회를 의무 설치하여 활동하게 하고 현실은 급식소위의 역할을 무력화시키는 요구를 하고 있는 것이다. 이렇게 되면 결국 학교 급식의 질이 떨어질 것은 불 보듯 뻔하다. 그 피해는 고스란히 학생과 학부모에게 돌아간다. 인천시교육청은 '순위 없이' 조항을 넣어 후순위 업체가 선정될 수 있도록 한 배경을 분명히 밝히고 다시 문제를 바로 잡아야 한다. 그렇지 않고는 학교 급식 개선을 논할 자격이 없다.

경인일보, 2010년 1월 1일자 / 인천시교육위원회 부의장

무상 급식, 이제 실천만 남았다

얼마나 놀라운 변화인가! 일 이 년 전 까지만 해도 경기도 교육감의 핵심 공약 중 하나에 불과했던 무상 급식 문제가 이제 전 국민의 관심사가 되었고, 이번 6·2 지방 선거에 출마하는 대부분의 후보들이 교육 분야 공약으로 제일 먼저 언급할 정도가 되었으니 말이다.

선거는 끝났고 이제 당선자들은 그들이 내세운 공약을 어떻게 실현할지 고민하고 있을 것이다. 특히 너나할 것 없이 내세운 '무상 급식' 공약은 언제 어떠한 방법으로 실현할지 보다 구체적으로 고민해야 한다. 만일 과거처럼 수많은 공약을 '당선용'으로만 내세우고, 당선 후에는 이런 저런 핑계를 대며 쉽게 내팽개쳐 버린다면, 곧 엄중한 국민의 저항과 심판을 받을 것이다.

인천시 교육 예산을 심의해온 교육위원 의정 활동 경험으로 볼 때, 무상 급식은 예산 문제라기보다 교육감이나 시도 지자체장의 '의지 문제'라 본다. 불요불급한 낭비성, 전시성 예산을 과감히 없애고, 각종 부풀려진 공사비와 방만한 거품 예산을 걷어내고, 그 사이에 드러나지 않은 교육 비리나 부조리만 제대로 걸러내도 얼마든지 '무상 급식'을 실시할 수 있다.

하지만 무상 급식을 주요 교육 공약으로 내세웠던 후보자들 가운데도 실현 방법과 정도에서는 다소 입장차들이 있다. 다시 말해, '전면적 실시'와 '단계적 실시'로 나눠져 있다. 필자가 보는 '무상 급식' 쟁점의 핵심은 두 가지이다.

첫째, 범위이다. 즉, 초중고 어느 단계까지 할 것인가와 어느 계층까지 할 것인가의 문제이다. 다시 말해, 의무 무상 교육과 연계한 보편적 교육 복지로 보고 의무 교육 대상자 전체에게 할 것인가, 아니면 선택적 교육 복지로 접근하여 기초 생활 수급 대상자나 차상위 계층 자녀 또는 상대적으로 가정 형편이 더 어려운 학생들만을 선별적으로 할 것인가이다.

둘째, 예산 문제이다. 2009년 교육과학기술부 자료에 의하면, 초중고교와 특수 학교를 포함해 전체 학생의 97.7%가 급식을 실시하고 있으며, 이 중 13% 수준인 97만 명에게 무상 급식(중식 지원)이 제공되고 있다. 또 의무 교육 대상인 초중학교 548만 명을 대상으로 전면 무상 급식을 실시한다면, 연간 1조 9,662억 원이 소요될 것으로 예측하고 있다. 고등학생까지 확대할 경우 2조 8,509억 원이 소요될 것이라고 한다. 이 예산을 어떻게 마련할 것인가가 또 하나의 쟁점이다.

인천의 경우, 2010년 현재 총 41만4538명을 대상으로 전면 무상 급식을 실시하면, 급식 일수 180일, 급식 단가 초 1,900원, 중·고 2,600원을 기준으로 계산하여 1,962억 1천 3백만 원이 소요될 것으로 추정

된다.

이는 현재 시교육청에서 지원하는 인건비 및 운영비 등 205억 6천 6백만 원, 자치 단체에서 지원하는 우수농산물 지원비 43억 8천 7백만 원, 저소득층 자녀 중식 지원비 221억 3천 7백만 원을 제외하면 추가로 1,491억 2천 3백만 원의 예산이 필요한 것이다.

향후 3년 간 연차적으로 초중고 무상 급식을 실시할 경우, 1차년도에 초등학생 805억, 2차년도 중학생까지 확대하면 1,373억 원, 3차년도 초중고 전체 학생을 대상으로 하면 1,962억 원이 소요될 것으로 예측된다.

학교에 급식이 도입된 지 십여 년이 지났다. 학교 급식이 오늘날과 같은 발전된 모습을 갖추기까지 그동안 많은 우여곡절과 노력이 있었다. 처음에는 도시락 싸는 것에서 해방된 것만으로도 대부분의 학부모들은 만족하였다. 이후 전국적으로 대부분의 학교에서 급식이 실시 완성 단계에 이르러서는 '학교 급식의 질'을 높이려는 목소리가 커져 갔다.

이제는 '무상 급식'이 최대 쟁점으로 부각되는 단계까지 왔다. 전면 무상 급식 실현을 위해서는 앞으로도 해결해야 할 사안들이 많겠지만, '학교 급식도 교육이고, 의무 교육은 무상으로 한다'라는 헌법에 기초한 국민 의식이 높아졌기에, 건강하고 발전적인 방향의 무상 급식이 실현될 날이 곧 올 것으로 기대된다.

인천일보, 2010년 7월 1일자 / 인천시의원

4.10. 학교 급식과 무상 급식 1년 후⑴ - 어리석은 논쟁
'급식도 교육이다'

　이 제목으로 글을 쓴지 몇 년이 흘렀다. 그 당시 별로 주목받지 못한 주장이었지만, 요즘 무상 급식 문제가 중요한 화두로 연일 지면을 장식하고 있는 것을 보면서 세상의 빠른 변화에 다시금 놀란다. 언론 보도를 살펴보면 오세훈 서울 시장은 모든 학생을 대상으로 하는 무상 급식을 '망국적 복지 포퓰리즘'이라며 비난하고, 서울시 교육감은 '보편적 복지'라고 한다.

　오 시장의 주장은 가난한 아이들만 무상 급식을 하자는 것인데 이것은 '선택적 복지(selectivism)'이고, 서울시 교육감은 선별 없이 무상 급식을 하자는 것으로 '보편적 복지(universalism)'에 해당한다.

　우리나라의 사회 보험법은 국민 전체를 대상으로 하는 보편적 복지고, 가난한 사람들을 대상으로 하는 국민기초생활보장법은 선택(별)주의에 기초하여 만들어졌다. 이처럼 복지는 때로는 선택적으로, 때로는 보편적으로 이루어지기도 한다. 즉, 둘 중 하나만이 도덕적이고 나머지는 포퓰리즘이라 말해서는 안 된다.

따라서 무상 급식을 선택주의에 기초하지 않았다고 포퓰리즘이라 비난하는 것은 지나친 이분법적 사고이다. 무상 급식을 선택주의에 기초한 소수에게만 실시할 수도 있고, 보편주의에 입각해 전체에게 실시할 수도 있다. 무상 급식 논쟁은 어떤 방식을 '선택'할 것인가의 문제일 뿐 도덕적 비난의 대상은 아닌 것이다.

다른 예를 들어 보자. 우리나라는 의무 교육이며, 법적 의무 교육 기간은 중학교 3학년까지이다. 이러한 의무 교육도 복지의 한 분야라는 것을 생각해보면 '보편주의에 기초한 복지'라 말할 수 있다. 이 의무 교육에 대해 누구도 가난한 사람에게만 의무 교육을 시행해야 한다며 잘못된 것이라 주장하지 않는다. 대신에 법적 의무 교육 기간을 고등학교까지 늘리자는 데 찬반 의견이 있는데, 이러한 주장의 가장 '기본적 전제는 충분한 예산 확보의 가능성'일 뿐이다.

무상 급식도 마찬가지다. 충분한 예산을 확보 가능하다면 보편적 무상 급식이 가능하고, 부족하다면 선택적으로 실시할 수밖에 없다.

이러한 점들을 생각해보면 무상 급식 논쟁은 예산이 확보 가능성의 문제이지 선택적 복지가 도덕적이고 보편적 복지가 비도덕적이라는 것은 문제의 본질을 왜곡시키는 것이다.

이제 필자의 생각을 이야기하면, 무상 급식을 의무 교육의 관점으로 보자는 것이다. 우리나라가 교육 선진국으로 가기 위해, 의무 교육을 조금씩 확대시켜온 것처럼, 급식을 포함하여 학교에서 필요한 여러 가지 기본적인 것을 점차 의무화시켜 나가는 것이 바람직한 방향이라 생각한다.

우리보다 잘 산다는 '일부' 선진국이 하지 않기 때문에 안할 이유가 있는가? 우리가 앞선 무상 급식을 통하여 선진 교육을 일찍 시도할 수 있지 않을까. 이러한 방식으로 아이들의 급식을 포함한 교육 환경을 하나씩 개선해 나가는 것이 교육선진국으로 나아가는 올바른 모습이 아니겠는가.

보편적 무상 급식을 포퓰리즘으로 규정하여, 무상 급식 문제를 정치적 대결 구도로 만들기 보다는, 나라의 미래를 교육 선진국으로 만들기 위해 보다 넓은 마음가짐을 가지는 것이 큰 정치가로서의 갈 길이 아니겠는가. 진정 예산이 부족하다면 몰라도, 그렇지 않다면 의무 교육을 확대 시켜왔듯이 보편적 무상 급식을 조금씩 확대 시행할 수 있기를 바란다.

인천신문, 2011년 1월 13일자 / 인천시의회 의원

4.11. 학교 급식과 무상 급식 1년 후(2)-무상 급식 운영 방법
보다 민주적인 학교 급식을 바라며

권력이 한 사람 손에 쥐어질 때 우리는 이를 '독재'라 부른다. 견제가 없는 독재 정치에서는 잘못된 정책에 대한 비판이 어렵다. 그래서 장기간 지속된 독재 정치는 반드시 부패가 따른다. 최근의 좋은 예가 리비아의 카다피이다. 독재와는 달리 권력을 분산하여 다수 국민에게 돌리는 것이 민주주의이다. 민주주의는 권력 분산으로 서로 견제하게 하여 자연스럽게 권력 집중을 막아 결국 부패에 강하게 저항할 수 있다.

오늘날은 민주주의 시대다. 그래서 국민들은 선거로 뽑은 정치인들의 의사 결정을 자세히 알고자 한다. 또 이를 통해 그들이 결정한 정책을 판단하고 다음 선거에 반영한다. 즉 대부분의 국민은 민주주의 정신에 바탕을 둔 판단을 하고 있다. 그래서 '가능하면' 모든 사회 제도들도 이러한 민주주의 정신에 맞추어 만들어지고 개선되는 것이 마땅할 것이다.

현재 학교 급식은 학부모, 교사, 지역위원으로 구성된 학교운영위원회 심의를 거쳐 결정되고 있다. 학교운영위원회는 학부모들과 교사, 지역 사회가 힘을 합쳐 서로 소통함으로써 학교 문제를 해결할 수 있는 민주적 구조이다.

인천에서 친환경 무상 급식이 추진되면서 그 방법론이 거론되고 있다. 일부에서 식재료의 생산, 공급, 관리 및 지원 예산의 운영과 집행까지 '모든 권한'을 집중시킨 급식 지원 센터를 만들자는 의견이 있다. 이는 '지원' 센터가 아닌 모든 학교의 식단 내용까지 결정하는 '총괄 관리' 센터를 의미한다.

이렇게 되면 학교운영위원회의 학교 급식 관련 심의 권한이 사라진다. 또 모든 결정 권한이 급식 지원 센터로 이전돼 막강한 권한이 집중된다. 필자의 고민은 여기서부터 시작됐다. 이처럼 '막강한 권한이 집중된 제도'를 보다 발전된 민주적 급식 체계로 이해할 수 있을까.

이런 급식 지원 센터는 설립비로 200억 원, 운영비로 매년 약 20억 원이 소요된다. 하지만 현행처럼 학교운영위원회 심의를 거쳐 학교 급식에 관한 사항을 결정할 경우 따로 비용이 들지 않는다.

학교운영위원회 활성화는 '아래로부터의 교육 자치'라는 민주적 이념에도 부합된다. 또 가장 기초적인 생활 정치 참여 기회를 부여해 다원화 사회에서 발생하기 쉬운 정치적 무관심을 극복하는 데 필요한 중요한 교육 도구가 될 수 있다. 무상 급식을 단순히 '먹는 것에 관한 문제'로만 보면 안 된다. 먹는 것을 통해 적극적 사회 참여를 유도해야 하고, 교사·학부모·학생이 자신의 권리를 적극적으로 실천하는 '교육의 문제'로 봐야 할 것이다.

급식 지원 센터에 권한이 집중될 경우 소수 경쟁력 있는 대형 급식업체와 계약할 가능성이 높다. 영세한 급식업체는 도산하거나 일자리를 잃게 될지 모른다. 이것은 마치 동네에 대형마트가 들어오면 주변 중소 상인들이 붕괴되는 문제와 유사하다. 또한 권력이 집중된 정치 역사에서 증명된 것처럼 '크고 조직적인 부패'가 발생할 가능성도 높아질 것이다.

무상 급식은 국가나 정치인들이 공짜로 주는 급식이 아니다. 자신이 낸 세금의 일부가 다시 우리 아이들의 학교 급식 비용으로 사용되는 것일 뿐이다. 그래서 자기 아이의 급식을 자기가 돌본다는 심정으로 학교 구성원에게 보다 많은 민주적 결정권을 주는 것이 바람직하다.

경인일보, 2011년 6월 16일자 / 인천시의원

4.12. 학교 급식과 무상 급식 2년 후-친환경 무상 급식
나라미 학교 급식

내 아이가 학교에서 친환경쌀을 먹는지, '나라미(옛 정부미)'를 먹는지 제대로 아는 학부모는 얼마나 될까. 학교 급식과 안전한 먹을거리에 대한 관심은 커져가고 있지만, 정작 우리 아이들이 어떤 쌀로 지은 밥을 학교에서 먹는지 아는 학부모는 많지 않을 것이다.

인천에서는 친환경쌀을 학교 급식으로 사용할 경우 일반미 가격과의 차액 75%를 시군구가 지원해 주고 있으며, 점차 그 수요가 늘어가는 추세다. 친환경 농업을 활성화시키는 동시에 아이들에게 보다 질 좋고 안전한 쌀을 먹일 수 있는 일거양득의 이점이 있기 때문이다. 하지만 친환경쌀 사용에 대한 차액 지원을 보전해 준 지 7년이 지난 올해까지도 인천의 상당수 중고교에서 나라미를 급식에 사용하는 것으로 나타나 충격을 주고 있다.

필자가 최근 인천 지역 전체 학교를 대상으로 학교 급식용쌀 사용 현황을 조사한 결과, 초등학교는 한 학교를 제외하고 모두 친환경쌀을 사용하고 있었지만, 중학교의 38.3%, 고등학교의 36.8%가 나라미를 사용하고 있었다. 인천시와 인천시교육청이 그동안 역점 사업으로 추진해온 친환경 무상 급식 정책을 무색케 하는 것이다.

친환경쌀을 신청만 하면 시군구가 75% 차액 지원 해주는 데도, 이처럼 많은 중고등학교에서 친환경쌀이나 일반미가 아닌 나라미를 자라나는 아이들에게 먹이는 이유가 무엇일까.

나라미를 쓰는 학교들에 그 이유를 물었더니, 대부분 '일반미와 비교해 품질에서 별다른 차이가 없고 가격도 상대적으로 저렴하기 때문'이라고 했다. 마치 학부모의 경제적 부담을 덜어주려는 것같은 답변이다. 친환경쌀을 먹을 경우 한끼당 60원, 한달에 1,200원만 더 부담하면 되는데 이것 때문에 내 아이에게 나라미를 선택해 먹일 부모가 얼마나 있을까.

인천시와 함께 시교육청 역시 친환경 무상 급식 정책을 추진하고 있지만, 필자가 학교 급식용 쌀 사용 현황을 조사하기까지 교육청은 인천 전체 중고교의 약 40%가 나라미를 사용하고 있는지조차 모르고 있었다.

물론 학교 급식 관련 모든 식재료 선정은 학교운영위원회에서 심의한다. 하지만 학교와 학운위에만 나라미 선택의 책임을 떠넘길 수 없다. 인천시와 교육청이 진정 친환경 무상 급식을 확대하고자 한다면, 나라미를 가능한 지양하고 친환경 쌀 사용을 보다 적극적으로 권장하고 지원해야 한다.

최근 '급식 지원 센터' 관련해 논란이 끊이지 않고 있다. 우리 아이들에게 안전한 먹을거리를 제공하고 인천 지역 친환경 농업도 활성화하기 위한 취지로 제정한 조례에 있는 핵심 기구다. 하지만 그 설치 타당성은 물론 구성 및 운영 관련해 일부 급식 시민 단체의 자리차지 의혹까지 겹치면서 많은 찬반 논란이 제기되고 있다.

인천시와 교육청은 물론 인천시의회 역시 친환경 무상 급식 특별위원회까지 만들어 관련 조례를 제정하고 친환경 무상 급식 확대를 위한 정책을 논의하고 있지만, 실질적 수혜 당사자인 학생들이나 학부모들에게는 '친환경 무상 급식', '급식 지원 센터' 등은 그저 먼 남의 나라 얘기처럼 들릴 뿐, 당장은 '제발 나라미라도 안 먹었으면' 하고 바라지 않을까.

친환경 무상 급식은 이 시대의 대세며 앞으로 더욱 확대돼 나갈 것이 분명해 보인다. 그렇다면 현실적으로 실현 가능한 것부터 바꿔나가자.

인천일보, 2012년 7월 13일자 / 인천시의원

5 교육 주체,
관료 중심에서 학교 공동체 중심으로

노현경

세금은 눈 먼 돈이 아니다

　　어떤 국민도 자신이 열심히 번 돈이 세금이란 명목으로 주머니에서 나갈 때는 행복하지 않을 것이다. 하지만 국가의 보호를 받는다는 명분에서 그리고 자신이 낸 세금으로 국가가 유지된다는 생각 때문에 기꺼이 세금을 낸다.

　　따라서 세금이 제대로 사용되기를 바라고 그 용도도 알기를 원한다. 하지만 거대하고 복잡한 예산 처리 과정으로 인해 국민 개개인은 세금이 어떻게 사용되는지 자세히 알기 어렵다. 겨우 알게 되는 세금의 용도도 겉으로 드러난 일부분일 뿐이다.

　　국민 개개인은 이러한 세금 사용 내용을 이해하기 어렵기 때문에 행정부와 입법부를 둬서 서로 감시·견제할 수 있도록 했다. 중앙 정부, 지방 자치 단체, 시·도 교육청이 세금으로 예산을 편성하면 국회, 시·도 의회, 시·도 교육위원회는 이를 심의, 집행부를 감시·견제하게 된다.

아무리 눈을 부릅뜨고 감시·견제를 하려 해도 오랫동안 복잡하게 사용해 온 세금 사용 내용에 대해 임시직으로 선출된 의·위원들이 모든 문제를 발견하고 바로잡기란 쉽지 않다. 그래서 국회와 시·도 의회와 시·도 교육위원회는 나름대로의 풍부한 경험과 지식을 필요로 하며, 수 천쪽짜리 예·결산 책자 사이에 숨겨진 문제들을 찾아내려 노력하게 된다.

양심 있는 사람도 권력을 차지하고 나면 세금을 눈 먼 돈으로 보기 쉽다. 따라서 막대한 권력을 지닌 사람일수록 꾸준히 절제하지 않는다면 쉽게 변질될 수 있다. 권력을 쥔 사람 주변에는 많은 사람들이 모이며, 이들 중에는 올바른 일을 하기 위해 모인 사람도 있지만 자신의 이익을 챙기려는 경우도 많다.

권력을 가진 사람이 사심을 지닌 주변 사람들을 제대로 관리·통제하지 못하면 이들은 한 팀이 되어 세금을 눈 먼 돈으로 보고, 제멋대로 쓸 수도 있다. 이는 부패의 마피아적 구조가 형성되는 과정이다.

이는 서로를 잘 알고 보호하는 구조이기 때문에 내부적으로 특별한 불만을 가진 사람이 없다면 외부에서 부패를 발견하기 어렵다. 일례로 수 개월 전 검찰에 의해 밝혀진, 일부 교육감의 차명계좌를 이용한 부패 구조가 얼마나 튼튼하게 만들어졌는지를 보면 쉽게 상상할 수 있을 것이다.

만약 어디서든 부패의 마피아적 구조가 한번 생긴다면 자신의 선거를 도와줬다는 이유로 아무런 경험이나 실적도 없는 이들에게 예산 배정을 해주거나, 이런 저런 명분으로 선심성 해외 여행을 시켜 준다거나, 이중 삼중의 예산 배정을 해주는 일들이 벌어진다 하더라도 쉽게 발견할 수 없다.

설사 국회를 비롯한 어떤 심의 기관이 문제를 발견해 예산을 삭감하려 해도 다양한 명분과 그럴듯한 이유를 만들거나 다음 단계의 심의 과정에서 삭감된 예산을 다시 살려내려 할 것이다.

이들에게 세금은 그저 눈 먼 돈일 뿐이다. 말 없는 대다수 국민들은 언론에 실리는 일부 내용만을 통해서 조금 이해할 수 있을 뿐이다. 우리 사회가 좀 더 나은 사회로 가려면, 국가 발전에 대한 책무성이 큰 자들일수록 자신의 이익과 당리당략에 따라 움직이는 것이 아니라, 민주적이고 투명한 절차 속에서 부패가 발붙이지 못하도록 박차를 가해야 한다.

비교적 정치적 영향을 덜 받고 중립이 보장돼 온 교육계도 이제는 정당의 지지가 당연시되는 형태로 선거 제도와 환경이 바뀌고 있다. 앞으로는 정치권의 영향력을 피할 수 없게 될지도 모른다.

국민들은 자신이 낸 세금을 위정자들이 제대로 사용하여 살기 좋은 나라를 만들어 주기를 원한다. 하지만 권력은 속성상 쉽게 부패할 수 있기에 이러한 폐단을 막으려면 예산 편성과 집행권을 가진 정부와 지자체, 예산을 심의하고 감시하는 입법부 모두 정의로운 마음가짐을 가져야 한다.

특히 국회, 시·도 의회, 시·도 교육위원회는 국민을 대신해 권력에 대한 끊임없는 감시와 견제를 해야 한다. 이 모두가 맞물려 돌아가

는 것이 어렵지만 착실히 세금을 내는 국민의 기대에 부응하는 방법
이다.

인천신문, 2009년 2월 16일자 / 인천시교육위원회 부의장

누구를 위한 교육청인가

울산발 인사 실험이 서울시를 거쳐 전국으로 확산될 조짐이다. 전국의 공무원 사회가 들썩거리기 시작했다. '철밥통'으로 통하는 공무원 신분에도 변화와 혁신의 바람이 불고 있는 것이다. 웬만한 잘못이 없으면 평생이 보장되는 공무원은 특히 IMF 이후 최고의 경쟁률을 기록하며 인기 직종으로 자리 잡았다.

한동안 전국적으로 '혁신'의 바람이 불어서인지 인센티브 때문인지 작년에 인천에도 각종 혁신의 바람이 불었었다. 교육청만 해도 예전에 없던 '교육 혁신'이 붙은 부서가 생겼고, 민원인에 대한 친절도가 높아졌고, 각종 업무 처리가 정확하고 빨라지는 모습이 보여 다행이라 생각했다. 아! 그런데 이게 웬 일인가. 요즘 다시 구태로 회귀하는 것이 아닌 지 의구심이 들 정도로 실망스럽고 염려스러운 모습을 자주 목도하게 된다.

학부모 운동을 하는 필자는 일 때문에 자주 교육청을 방문하고 교육 관계자를 만난다. 교육청에 학부모와 학생의 민원을 대신 제기하고 감사청구나 각종 교육 현안에 대한 의견서를 제출한다. 필요에 따라 교육감 면담 신청도 한다. 하지만 대부분 교육감이 바쁘고 시간이 없다는 이유로 짧은 시간동안 수박 겉핥기식 면담을 하는 게 고작이었다. 그래도 실무는 담당과 공무원과 협의해 가면 되리라 위안 삼으며 아쉬운 대로 그냥 넘어가곤 했다.

그런데 올해 70만 원 교복이 교육 문제를 넘어 사회 문제로 대두되면서, 교복 공동 구매 운동을 전개 해온 필자는 교육청의 태도에 실망하지 않을 수 없었다. 교육인적자원부가 나서서 5월까지 교복 착용 시기를 늦추고 학부모들이 교복 공동 구매를 원활히 할 수 있도록 행정적 지원을 할 것을 시도 교육청에 시달했고, 곧 시도 교육청은 같은 내용의 공문을 각 중고교에 전달했다. 교육부와 교육청이 모처럼 학부모들의 교육비 경감을 위해 팔을 걷어 부치고 고가 교복 문제 해결을 위해 적극 나서 기뻐했다.

하지만 교육청의 공문은 일선 학교에서 대부분 무시 사장되었다. 심지어 입학식날 교복을 입게 한 일부 학교들이 있고, 나머지 학교들도 교복 공동 구매는 학부모들이 자발적으로 할 일이지 학교가 개입할 일이 아니라고 하며 매우 소극적인 태도를 보이고 있다. 그럼에도 교육청은 교복 공동 구매 절차와 방법을 전달한 서류만으로 할 일을 다 했다고 생각하는 것 같았다.

인천의 교육 시민 단체들을 중심으로 '인천교복공동구매네트워크'를 구성하고 교복 공동 구매 설명회와 전시회를 준비하며 협조 공문을 보내 달라고 요청했더니, 교복 담당 장학사는 학부모 일에 왜 학교가 관여 하나며 학습권 침해를 운운했다.

과연 그러한가. 교복 문제가 교육과 전혀 무관한 문제라 학교가 개입할 사항이 아닌가. 더욱 한심한 것은 중고교별 교복 공동 구매 현황을 파악한 자료를 줄 것을 요구하자 '공적인 문서를 일반인에게 함부로 줄 수 없다. 윗사람이 달라면 몰라도 아무에게나 줄 수 없다'고 하였다. 정보 공개를 청구하면 주겠다고까지 했다. 나중에 안 일이지만 교복 공동 구매 현황도 교육부의 요청에 의한 단지 보고용 자료에 불과했다. 이러고도 교육청이 학생과 학부모를 위한 교육청이라 말할 수 있는가.

학부모의 교복 공동 구매 지원을 위해 일하는 단체가 공익을 위해 요구해도 공문 시행에 시비를 걸고, 학부모의 이해가 달린 자료도 윗사람에게만 줄 수 있다고 하는 고압적인 자세는 어디에서 나오는가. 또 그들이 말하는 윗사람은 과연 누구인가. 교육부 관계자, 국회의원, 시의원, 교육위원을 말하는가. 교육청은 틈만 나면 학생에게는 꿈을, 교사에게는 보람을, 학부모에게는 만족을 주는 교육청이 되겠다고 해왔다.

하지만 상부기관 윗사람의 지시와 요구에만 응하는 교육청, 시키는 일과 형식적인 보고서에만 충실한 교육청, 학생·교사·학부모를 위해 일한다면서도 늘 고압적인 언행을 하는 교육청은 교육 지원과 행정 서비스라는 본연의 역할과 책임에서 한참 동떨어져 있다는 비판을 면할 수 없다.

인천일보, 2007년 3월 20일자 / 참교육학부모회 인천지부장

5.3. 교육 주체와 CCTV

교내 'CCTV' 설치 규정 지키고 있나

    최근 경기 서남부 지역 부녀자 연쇄 살인 사건의 피의자 검거에 폐쇄 회로(CC)TV가 결정적 역할을 한 것으로 드러나면서 CCTV의 중요성이 부각되고 동시에 추가 설치 필요성이 제기되고 있다.

    인천 지역 학교에도 지난해 하반기부터 학교 내 CCTV 설치가 본격화되고 있다. 2008년 하반기 현재 인천 지역 학교 내 설치 현황은 284개 교로 지원된 예산은 20억 5,000만 원에 달한다. 앞으로 지원을 희망하는 학교도 추가 설치한다는 계획이다.

    아마 이 같은 상황은 전국이 비슷할 것이라 생각된다. 이처럼 많은 학교에 막대한 예산을 들여 CCTV를 설치하는 이유는 무엇일까. '개인정보보호를 위한 공공기관의 CCTV 설치·운영지침'(2006년 9월 시행)을 보면 공공 기관의 CCTV 설치 목적과 관리 운영 내용을 구체적으로 명시하고 있다.

    CCTV는 공공 업무의 적정한 수행을 도모하고 국민의 권익 보장에 이바지하기 위해서다. '공공의 이익을 목적으로 하되 개인정보보호 및 개인인권이 침해되지 않도록' 규정하고 있다. 공공기관장이 CCTV를 설치하려면 설치 규정을 만들고 그 안에 설치 목적, 담당책임관, 연락처, 카메라 수 및 성능과 촬영 범위, 부착 장소, 화상 정보 보유 기간, 정보 접근자의 제한 범위 등을 규정에 담아야 한다.

특히 학교는 여타 다른 공공기관과 달리 미성년자인 학생들과 가르치는 교사가 생활하는 공간이다. 따라서 도로나 공원 등에 설치하는 것과는 엄연히 달라 설치 장소와 관리에 세밀한 주의가 요구된다. 학교 내 CCTV 설치 목적이 우리의 아이들을 유괴나 납치, 성범죄, 학교 폭력과 같은 범죄로부터 보호 또는 예방하려는 것이라면 학교 건물 밖 취약 지역 및 범죄에 노출되기 쉬운 사각지대에 우선 설치해야 한다.

또 설치 전에 학내 구성원인 학생, 교사, 학부모의 동의를 구하는 것은 의무 사항일 것이다. 하지만 일부 학교는 여전히 학교 건물 내 복도나 컴퓨터실 등에 설치하고 있고 모니터를 교장실에 배치한 학교도 있었다.

이는 애초 설치 목적이 제대로 학교에 전달되지 못한 때문인 것 같다. 각종 범죄로부터 아이들을 보호하라고 한 것이 학생이나 교사 감시용처럼 비칠 수 있기 때문이다. 학교 내 CCTV 설치 관련 규정 정비와 재교육이 필요하다.

일상 생활에서 늘 쓰는 칼이 제대로 사용하면 맛있는 음식을 만드는 유용한 도구가 되지만 강도의 손에 들어가면 흉기가 되는 것처럼 어떤 기구나 기계도 활용하는 사람 마음에 달려 있다. 기계는 영혼이 없어 사람에 의해 작동될 뿐이다.

동아일보, 2009년 2월 27일자 / 인천교육위원회부의장

5.4. 교육 주체와 교육세
'교육세' 교육용으로 안쓰는 인천시

가정살림이든 공공기관 운영이든 재정, 다시 말해 '돈'이 있어야 가능하다. 특히 교육청과 같은 공공기관은 국민이 낸 세금으로 운영된다. 시민들은 자신의 노력으로 피땀 흘려 번 돈이지만 기꺼이 국가나 지방 자치 단체에 세금을 낸다. 국가나 지자체가 공익적 사업을 통해 다시 자신들에게 봉사한다고 믿기 때문이다.

시민이 내는 각종 세금에는 목적이 있고 그 목적에 맞게 집행돼야 한다. 하지만 인천시를 보면 인천 교육에 관심이 있는지 묻고 싶다. 인천 교육을 위해 쓰도록 돼 있는 '교육세'를 '교육용'이 아닌 실효성에 많은 문제가 제기되는 자전거 도로 등에 다 써버린 것이 아닌지 우려되기 때문이다.

최근 시가 시교육청에 당연히 지급해야 할 법정전입금을 제때 주지 않아 인천 교육이 부도 위기에 처해 있다. 시는 목적세(주민세, 취득세, 등록세, 자동차세)의 5%, 담배소비세의 45%, 지방교육세 100%를 법정전입금으로 시교육청에 매년 지급해야 한다. 올해 기준으로 시가 시교육청에 줘야 할 법정전입금은 4,066억 원인데 9월인 현재까지 시는 단지 690억 원만 지급해 무려 3,376억 원이 미지급된 상태이다. 또 시는 2006년도 법정전입금 정산분 330억 원, 2007년도 정산분 255억 원 등 585억 원도 아직 정산하지 않고 있다. 이를 합치면 3,961억 원에 달한다.

이뿐만이 아니다. 2001년 제정된 '인천시 학교용지부담금 부과·징수 및 특별회계설치 조례'에 따라 시는 학교 용지 부담금을 시교육청과 반씩 부담하게 돼 있다. 그런데 그동안 시가 시교육청에 전입하지 않은 학교 용지 부담금은 무려 1,552억 원이다. 다시 말해 시가 올해까지 인천 교육을 위해 전출해야 하는 총액은 법정 전입금과 학교 용지 부담금을 합치면 무려 5,513억 원에 달한다.

문제는 중앙정부 역시 세수 부족을 이유로 지방 교육 재정 교부금을 적게 지급해 시교육청이 올해 1,012억 원의 지방채까지 발행했다. 시가 지급해야 할 법정 전입금까지 제때 주지 않아 학교 신설비, 학교 운영비, 교육 환경 개선비, 교육 복지비 등 인천의 향후 모든 교육 관련 사업에 심각한 타격이 우려된다.

전국 시도의 법정 전입금 정산 현황을 보면 타 시도는 모두 법정 전입금을 시도교육청에 적기에 지급하고 있다. 유독 인천만 법정 전입금을 '재정 부족'을 이유로 제때 지급하지 않고 있음을 알 수 있다. 늦었지만 시는 지금이라도 법정 전입금을 조속히 이전해 인천 학생들이 최상의 조건에서 공부를 할 수 있도록 해야 한다.

동아일보, 2009년 9월 18일자 / 인천시교육위원회 부의장

5.5. 교육 주체와 장비 구입
학생건강체력평가시스템 문제있다

    인간답게 살기 위한 여러 기본적 요건 중 첫번째는 아마도 '건강'일 것이다. 특히 자라나는 청소년기 학생들의 체력은 평생 건강을 좌우하고 행복한 삶과 직결될 수 있기에 더욱 중요하다. 그러나 요즘 아이들은 체력이 떨어지고 비만도 늘어가는 추세이다.

    최근 정부는 이전과는 다른 방식으로 학생 건강과 체력을 중점 관리하겠다며 '학생건강체력평가시스템'을 도입해 추진 중이다. 운동 기능과 체력 위주의 과거 학생 신체 검사(학생체력장) 제도를 전면 개정해 선진화한 체력 평가 시스템을 세운다는 것이다. 학생들의 심폐 지구력, 유연성, 근력·근지구력, 순발력, 체지방 등과 같은 건강 체력과 비만 정도 등 종합적인 평가를 한 후 그 결과를 토대로 맞춤형 '신체 활동 처방'을 하는 종합 평가 시스템이다.

    이 제도의 목적과 취지가 그럴듯해서 이대로만 실행된다면 분명히 학생들의 건강과 체력은 눈에 띄게 향상될 것 같다. 그러나 안타깝게도 시행 실시 첫 해인 올해 시작도 하기 전부터 우려의 목소리가 높다. 벌써부터 현장에선 비현실적인 탁상 행정이란 비판이 일고 있다. 왜 그럴까?

우선 현실성이 떨어지고 구체적인 준비가 부족하다는 점을 들 수 있다. 과거의 체력 검사는 6개 신체 검사를 한 반면 새 시스템은 5개 체력 분야, 12개 종목을 선택적으로 검사하도록 하고 있다. 분야별 체력을 정확히 검사하기 위해선 필요한 장비를 구비해 과학적이고 객관적인 검사를 해야 한다. 만약 한 학교에서 평균 천 명의 학생을 맞춤식 분야별 검사 및 신체 활동 처방을 한다면 체육 교사는 일년 내내 체육 시간에 체력 검사만 해야 할지도 모른다. 검사만 한다고 건강해지는 것은 아니다. 체력 검사 결과에 따라 개별 학생에 맞는 맞춤식 신체 활동 처방과 관리가 학교와 가정에서 꾸준히 이뤄져야 건강과 체력이 증진될 수 있다.

하지만 검사 후 이에 따른 각 학생에 맞는 맞춤형 처방과 운동 관리가 구체적으로 어떻게 이뤄질지 후속 조치 방안도 거의 없다. 또 검사 결과와 신체 활동 처방에 따른 건강 관리와 체력 증진 여부를 확인하기 위해선 일 년에 적어도 두 차례는 검사를 실시해야 한다. 하지만 비교적 수업 부담이 적은 초등학교에서조차 일 년에 한 차례 검사도 버겁다고 한다.

하물며 훨씬 학력에 무게가 실리는 중학교와 고등학교도 내후년까지 확대한다는 계획은 더욱 현실성이 떨어지고 형식적으로 흘러 측정 장비 구입 예산만 낭비하는 결과를 초래할 수 있다. 학생건강체력평가시스템은 다양한 검사 도구를 구입해 측정한 후 인터넷상에 입력하고 언제든지 원하면 자신의 건강 정보를 확인하고 운동 처방을 받게 한다는 것이다.

분야별 측정 도구 구입을 위해 인천의 경우 전체 초교에 620만 원씩 모두 13억 9천만 원 가량 지원했고, 전국 초등학교에 300억 원이 측정 장비 구입비로 예산 집행됐다. 문제는 새 제도의 전면적 도입에 필요한 여건과 인터넷 프로그램 보완 등이 완벽하게 갖춰지지 않은 상황에서 일단 측정 장비부터 사게 하였다는 점이다.

나머지 여건이 제대로 갖춰지지 않았음에도 예산 편성에 따른 구입 지침이 학교에 내려가면 학교는 측정 장비를 살 수밖에 없다. 학생들의 건강 증진이란 이 사업 본래 취지와는 동떨어진 측정 장비 구입에 따른 각종 잡음과 민원이 발생하면서 측정 장비 업체의 배만 불리는 것이 아닌가 하는 문제가 제기되고 있다.

학생 건강과 체력 증진을 위해 몇 년 간 준비하고 시범 실시까지 마친 사업인지를 의심케 하는 일들이 이처럼 벌어진다면 이에 대한 책임은 전적으로 사업을 주관한 교육당국에 있다. 따라서 향후 현장에서 발생할 수 있는 문제를 철저하게 분석해 대안을 서둘러 마련해야 한다.

진정으로 학생의 건강과 체력을 위한다면 검사와 연관된 운동 프로그램과 실천 가능한 환경부터 준비해야 한다. 이러한 철저한 준비 없이 비싼 측정 기구만 구입하게 한다면 이는 학생 건강을 위한 조치가 아니라 측정 장비만을 팔기 위한 의도이다.

인천신문, 2009년 7월 14일자 / 인천시교육위원회 부의장

허점 투성이 교육 행정, 예산 낭비 부른다

인천의 교육 예산을 심의하고 교육 행정을 감시 · 견제하는 역할을 맡은 교육위원으로서 요즘 인천시교육청의 주먹구구식 엉성한 교육 예산 편성 및 집행을 지켜보는 것은 한마디로 '고통'이다.

교육위원들은 한 푼의 교육 예산도 낭비되지 않고 우리 아이들의 교육의 질 향상과 교육 환경 개선을 위해 사용할 수 있도록 교육적 타당성과 효율성을 꼼꼼히 검증, 심의하려고 한다. 그러나 부족한 예산을 쪼개서 알뜰하게 집행해야 할 교육청이 오히려 잘못된 교육 행정으로 인천 교육 재정에 낭비와 손실을 가져오고 있다.

필요한 만큼의 학교를 다 짓기에 턱 없이 부족한 교육 예산을 보완하기 위해 몇 년 전부터 임대형 민간투자사업(BTL) 방식으로 학교를 짓기 시작했다. BTL 방식의 학교 설립은 민간 자본으로 우선 학교를 짓고 20년간 시설 임대료와 관리 운영비를 분할 상환하는 방식이다. 지난 2005~2007년 3년간 도입했던 학교 및 다목적 강당의 신축 방식이다.

인천의 경우 BTL 방식으로 인해 20년 뒤에 갚아야 할 비용만 26개 교에 6천 100억여 원, 다목적 강당 42개까지 합치면 대략 8천억 원이 넘을 것으로 예상된다. 당장은 비용이 들어가진 않지만 20년간 막대한 비용이 발생하기 때문에 미래 세대에 큰 부담을 준다고 하여 그동안 적잖은 논란이 있어 왔다.

이런 경제적 부담과 논란에도 불구하고 어쩔 수 없이 민간 자본으로 학교를 지어야 한다면 시교육청은 협약부터 준공 승인까지 자체 재정으로 할 때보다 더욱 철저한 관리·감독을 했어야 한다. 하지만 교육청은 관리·감독을 소홀히 했을 뿐만 아니라 협약서조차 확인하지 않았다. 결국 이미 설치했어야 할 시설물에 대한 예산 신청을 다시 해 이중으로 교육 예산의 손실을 가져올 상황을 만들었다.

문제는 협약 내용에 설치키로 한 기본 시설물들이 누락됐는데도 무슨 영문인지 버젓이 준공이 승인되었다는 것이다. 협약서에는 설계, 시공, 감리, 준공까지의 모든 내용이 담겨 있고, 설계부터 준공까지 몇 단계의 검증 과정을 거쳤을 텐데 어떻게 이런 누락 시공이 가능했는지, 또 업무 담당자 중 어느 누구도 이런 심각한 문제점을 발견하지 못했는지 도저히 이해할 수 없다.

작년에도 지은 지 4년 밖에 안 된 한 학교가 전면 바닥 교체 공사 비용을 추가 경정 예산에 올려서 비슷한 시기에 지어진 10개 신축 학교에 대한 특별감사가 벌어졌고, 여러 학교의 부실 공사와 공사비 과다 지급 문제가 적발되어 회수 조치하고 담당자들은 징계를 받았었다.

그런데 일 년이 안 돼 어떻게 이런 일이 반복해서 일어날 수 있는가.

도저히 구조적인 문제가 아니고서는 이런 부실 공사와 예산 낭비가 반복해서 발생할 수 없다는 의구심마저 든다.

이번 BTL 방식으로 지어진 학교의 누락 시공에 대해 설계사, 시공사, 감리업체는 당연히 그에 따른 책임을 져야 한다. 무엇보다 가장 큰 잘못과 책임은 이 모든 공사 과정을 철저하게 감독한 뒤 준공 승인을 냈어야 할 교육청에 있다. 교육청이 협약부터 눈을 부릅뜨고 감독했더라면 이런 일은 발생하지 않았을 것이다. 따라서 교육당국은 그 책임을 통감하고 BTL 방식으로 지어진 학교 및 다목적 강당 공사를 다시 협약서와 대조해 누락, 부실 여부를 조사해서 바로 잡아야 할 것이다.

어려운 경제로 온 국민이 그 어느 때보다 고통을 겪고 있기에 정부가 나서서 예산의 조기 집행까지 독려하는 한편에서는 이런 무책임하고 구멍 난 교육 행정으로 아까운 국민의 혈세가 낭비되고 있다.

교육청은 학교 신축과 관련한 전면 재조사와 특별 감사로 문제점을 낱낱이 밝혀서 재시공 요구는 물론 중대한 잘못을 저지른 업체는 다시는 관급 공사를 하지 못하도록 엄하게 처벌해야 한다. 담당자에 대한 문책도 따라야 할 것이다. 그래야 다시는 교육 현장에서 부실 공사와 예산 낭비가 발생하지 않을 것이다.

인천신문, 2009년 3월 12일자 / 인천시교육위원회 부의장

농산어촌 학교 통폐합 신중해야

교육과학기술부의 적정 규모 학교 육성 방안에 따라 2010년에서 2012년 사이 인천시교육청이 추진하려는 계획을 보면, 농산어촌 소규모 학교 통폐합 대상 28개교, 이전 대상 8개교, 통합 운영 2개교로 총 38개교를 통폐합 또는 이전 재배치한다는 것이다.

이러한 통폐합 또는 이전 재배치 배경은 저출산, 학생 수 이동 및 감소에 따른 학교 공동화, 소규모 학교의 비전공 교사 수업 및 복식 학급 운영, 도심과 농산어촌간의 학력 격차 문제 등을 해소하기 위함이라고 한다. 하지만 필자는 이 모든 그럴듯한 명분에도 불구하고 통폐합을 하는 주요 배경이 학교 운영비 절감 등 '경제적인 이유' 때문일 것이라 생각한다.

이러한 통폐합 또는 이전 재배치에 대해 대상 학교의 학부모와 주민들 대부분은 반대하고 있다. 지난 번 백령도 시의원 연찬회 때 이 지역 통폐합 대상 학교 관리자, 학부모 대표들과 교육위원회와의 간담회에서도 참석자 모두가 통폐합에 반대했다.

또, 시교육청은 38개교 통폐합 외에도 농산어촌 소규모 병설 유치원들을 단설 유치원 또는 통합 병설 유치원으로 통합 운영을 추진하고 있는데, 이에 대해서도 지역 주민과 학부모들의 반대가 매우 심각하다. 얼마 전 시교육위원회로 통합 대상인 한 유치원의 학부모들이 연명해 통폐합 반대 탄원서까지 보내왔다.

아무리 수십억 원을 들여 좋은 시설의 단설 유치원을 짓고 연령에 맞는 학급 편성과 좋은 교육을 시킨다 하더라도, 집 근처의 병설 유치원보다 멀어 왕복 40분 이상을 매일 통학버스를 타고 다녀야 하는 것은 4~5세 유아들에게는 너무나 고역이다.

비록 소규모라 할지라도 농산어촌의 학교나 유치원은 아이들만의 학습장소 그 이상의 의미가 있다. 아이들의 웃음소리, 책 읽는 풍경이 사라진 마을은 이미 죽은 마을일 것이다. 학교는 농산어촌 지역 공동체의 구심점이자 희망인 것이다.

또한 계속되는 이농 현상으로 더욱 도농간 격차가 벌어지는 상황에서, 한편으로는 이런 격차를 줄이기 위해 많은 노력을 하고 있으면서, 또다른 한 쪽에선 학부모와 주민들의 반대에도 불구하고 학교들을 통폐합시키려는 것은 상당한 정책적 모순으로 보인다.

농산어촌 학교나 유치원은 소규모 학교의 비전공 교사 수업 및 복식학급 운영 문제, 도심과의 학력 격차 문제, 도시 지역에 비해 운영비가 상대적으로 더 많이 드는 어려움에도 불구하고, 나름대로의 지역적 문화 특성과 고유 가치를 지니고 있다. 해당 지역 주민들은 지킬만한 더 중요한 가치가 있다고 판단하기에 통폐합을 반대할 것이다.

무엇이 중요한가에 관한 가치 판단이 개입되는 문제에서는 다양한 가치관이 있을 수 있다는 점을 이해해야 한다. 그래서 농산어촌 학부모와 주민들이 스스로 통폐합의 필요를 느끼고 요구할 때까지 기다려 주는 것이 합리적이지 않을까. 농산어촌과 같은 지역 공동체의 학교와 유치원은 공동체의 운명과 뗄 수 없는 '유기체적 관계'를 가지고 있어서 단순한 손익 관계 이상의 의미가 있음을 간과해서는 안된다.

경기일보, 2010년 10월 5일자 / 인천시의원

5.8. 교육 주체와 보통 교부금
수백억 원 날리고도 반성없는 교육청

'보통 교부금 289억 원 날리고도 반성 없는 인천 교육의 현실'이란 제목으로 지난 11일 날아든 투서 내용은 그야말로 충격 그 자체였다. 투서자는 측근 인사 비리 및 뇌물 수수 혐의로 수개월째 재판을 받는 ㄴ 교육감과 인천시교육청이 그동안 얼마나 부도덕하고 무능하고 무책임한 교육 행정으로 인천 교육을 파탄 냈는지를 폭로하고 있었다.

서두에 "인사 비리의 가장 큰 장본인으로 자신의 죄를 뉘우치지 못하고 후배와 직원들의 허물을 덮지 못하며 12년간 인천 교육을 황폐화시킨 노인의 욕심에 망가져 가는 인천 교육을 바라보며 침통함을 금할 길 없어 내부에서 쉬쉬하고 묻어 있는 중대하고 명백한 사안을 꼭 밝혀주시어 인천 교육이 바로 설 수 있기를 바랍니다"고 투서 이유를 밝혔다.

지난 2008년 지방교육 재정교부금법이 개정돼 '교육 환경 개선비'(학교나 기관 등 건물 노후도에 따라 적용되는 건물 유지비)가 보통 교부금으로 산정됐지만, 지난 2004년 북부지원교육청에서 분리된 서부교육지원청 130여 개 초·중학교가 교육부(당시 교과부) NEIS(교육행정정보 시스템)에서 빠져 2008년부터 2010년까지 3년간 매년 80억~90억 원씩 약 289억 원의 정부 보통 교부금을 받지 못했다는 것이다.

이와 관련, 교육부가 여러 차례 공문을 통해 대비하도록 했지만, 시교육청이 이를 신경 쓰지 않아 막대한 재정 손실을 가져왔고, 소급해 정산도 받을 수 없어 약 289억 원이 타 시·도 교육청으로 지급됐다.

또 법 개정 후 3년 동안이나 내버려뒀다가 지난 2011년 뒤늦게 한 직원이 문제를 발견했지만, 나 교육감은 자체 감사 후 막대한 교육 재정 손실을 가져온 담당 관련자들을 중징계는커녕 경고 조치만 하는 등 어처구니없는 처분을 했다. 더욱이 나 교육감은 이후 관련자들을 오히려 더좋은 보직으로 영전시키거나 요직으로 승진시켰다.

투서자는 중대하고 명백한 과실로 약 289억 원이라는 엄청난 재원이증발한 사건이 발생했지만, 누구도 책임지지 않고 숨기는데 급급한 것이 인천 교육의 현실이라며 철저히 조사해 관련자들에게 구상권 청구와함께 중징계하고 문제의 본질을 시민들에게 제대로 알려달라고 요구했다.

필자는 투서 내용의 진위를 파악고자 '2011년 보통 교부금 감사 결과'를 교육청서 받아 비교해 봤더니, 대부분 사실로 판명났다. 교육청의 직무유기적 행정으로 수백억 원 보통 교부금 손실을 가져온 2008년에서 2010년 당시 상황은 시의 법정 전입금이 제때 지급되지 않아 인천 교육이 거의 파탄위기에 있었다.

특히 2009년 9월경에는 인천시의 법정 전입금이 4천억 원 이상 미전입돼 학교 환경 개선비, 교육 복지비는 물론 인건비조차 줄 수 없을 정도로 최악의 상황이었다. 당시 예산팀장은 교육위에 와서 인천 교육이 파탄 날 위기라며 교육위가 나서서 도와줄 것을 간청할 정도로 최악의 상황이었지만, 정작 자신들은 무책임하고 안일한 행정으로 수백억 원을 날리고도 의회에 보고조차 안하고 감춰왔던 것이다.

6대 의회에 들어와서도 시의 재정이 어려워 모두가 허리띠를 졸라맬 때, 인천시교육청은 법정 전입금 미전입을 구실삼아 또다시 554억 지방채를 발행하려 했다.

교육감과 시교육청의 부도덕하고 무책임한 행정 행위가 양파 껍질처럼 하나씩 벗겨지고 있다. 지금이라도 교육감은 아이들을 위해 써야 할 289억 원을 허공으로 날린 잘못에 대해 인천시민 앞에 사죄하고 행·재정적, 법적 책임을 져야 한다.

경기일보, 2013년 11월 19일자 / 인천시의원

학교 공원, 세금 낭비 안되게 관리를

　최근 학교 공원화 사업을 마친 초등학교를 둘러봤다. 학교 공원화 사업은 인천시가 추진하고 있는 '푸른 인천 만들기' 사업 중 하나. 인천 A초등학교는 학교 운동장 놀이 시설을 없애고 공원으로 꾸몄다. 하지만 조경에 문외한인 필자가 보더라도 학교 공원이라고 하기에는 왠지 어설프고 황량하기만 했다.

　비실비실해 보이는 나무와 꽃들 사이로 작은 분수가 있었다. 하지만 시원한 물줄기를 뿜어내는 모습은 볼 수가 없다. 학교 관계자는 '수도 요금이 많이 나와 물을 잠갔다'고 말했다. 공원과 운동장 경계에는 철조망이 처져 있다. 아이들이 가지고 노는 공으로부터 공원을 보호하기 위해서라는 것이 학교 측이 밝힌 이유다. 아이들의 정서 함양을 위한 공원인지 공원을 위한 공원인지 헷갈린다.

　인근의 B초등학교. 다른 학교 공원 사업비의 두 배인 2억 원을 들여 학교 담장을 따라 공원을 만들었다. 학교 공원 개장식을 하던 날 교육청 관계자, 기초 단체장, 교육위원 등 인사들을 초대하여 행사를 가졌다. 그러나 그 후 얼마 안 가 공원 관리에 어려움이 생기자 공원 가꾸기 도우미를 모집해야 했다.

인천시가 지난해 100억 원을 들여 103개 학교에 공원화 사업을 추진한 지 1년도 채 되지 않아 대다수 학교 공원이 골칫거리로 전락하고 있다. 유지관리의 어려움, 전문적 지원 체계 부족, 운영비 문제, 학교 공원에 대한 공감대 결여로 아까운 세금이 낭비되고 있다.

시는 앞으로 2010년까지 인천의 430여 개 학교에 공원화를 추진할 계획이다. 하지만 학교 공원이 교육적 목적에 맞게 제대로 활용되고 학교 구성원이 애용하는 편안한 쉼터가 아니라 그저 '공원을 위한 공원'으로 사업이 추진된다면 예산 낭비는 물론 학교 현장의 희생과 고통으로 되돌아 올 것이다.

동아일보, 2007년 4월 13일자 / 참교육학부모회 인천지부장

5.10. 교육 주체와 전시 행정(2)
누구 위한 교육 재정 절감인가

　교육과학기술부는 지난 25일 전국시도 부교육감 회의를 통해 지방 교육 재정 10% 절감 계획을 수립하여 28일까지 보고하라는 지침을 내렸다. 국가, 지자체, 교육청 등 주인인 국민으로부터 운영을 위탁받은 공공기관은 혈세가 낭비되지 않도록 비효율적이거나 방만한 예산 편성을 지양하고 국민의 복리 증진을 위해 예산을 절감해 알뜰한 살림을 해야 마땅하다. 얼마 전 보건복지부가 이사오면서 해양수산부가 쓰던 멀쩡한 사무기기들을 길거리에 내다버려 국민들로부터 따가운 눈총과 비난을 받은 행태도 같은 이유에서이다.

　하지만 이번 교육과학기술부의 지방 교육 재정 10% 절감 지침의 경우는 매우 부적절할 뿐만 아니라 지방채 증가 등 적자에 허덕이는 지방 교육 재정을 더욱 어렵게 할 것으로 보여 매우 우려스럽다.

　먼저, 새 정부는 출범과 함께 초·중등 교육과 관련해서 모든 권한을 시·도 교육청에 이양하겠다고 약속했다. 말로는 시·도 교육청에 모든 자율권을 주겠다고 호언하고선 10%라는 구체적인 교육 재정 절감 가이드라인을 제시하였고, 그것도 삼일 만에 상부에 보고하라고 했다. 정부는 애초의 말과는 다르게 여전히 과거처럼 상명하달식, 중앙 통제 방식으로 가겠다는 것과 같다.

둘째, 절감의 내용을 보면 크게 인건비, 경상경비, 사업비 세 가지로 분류된다. 문제는 지침이 주는 그럴듯한 명분에도 불구하고, 학교의 각종 공공 요금, 교수 학습 준비물, 급식 지원비, 도서 구입비 등 교육 복지, 교수 활동 지원비, 학교 교육 여건 개선 시설비가 줄어 결국 공교육 부실로 이어질 수밖에 없다.

인천의 경우 전체 예산 중 교직원 인건비와 기본 학교 운영비 등 경직성 경비를 빼면 4천 억이 채 안 된다. 이번 지침에 의해 인천시교육청은 7.5% 절감 목표를 세웠다. 학교는 기본 운영비 외에도 학교 화장실 보수, 냉난방 공사, 도장 및 누수 공사, 노후 급식 시설 교체 등 꼭 필요한 교육 현안 사업비가 필요한데, 예산 절감 계획에 따라 학교 교육 환경은 그만큼 열악해 질 수밖에 없다.

이보다 더욱 심각한 것은 경제자유구역 등 각종 개발로 인천에는 학교 신설 수요가 급증하고 있다. 인천 교육의 한 축을 책임져야할 인천시는 법정 전입금인 학교 용지 매입비 1천 314억 원조차 아직 전출하지 않고 있고, 인천시교육청은 결국 빚으로 남는 민간 자본에 의한 BTL 방식으로 학교신설을 하고 있다. 향후 2020년까지 188개교 4조 7천억 원이란 학교 신설비용을 누가 어떻게 부담할 것인가가 연일 논란이 되고 있다. 학교 냉난방 공사 비용조차 지방채를 발행해 충당하고 있는 것이 오늘의 인천 교육 현실이다.

셋째, 정부는 지방 교육 재정 10%를 절감하여 국정 과제인 '영어 공교육'과 '고교 다양화 300프로젝트'에 활용하라고 했다. '학교 만족 두 배, 사교육 절반'을 내세우지만 결국 대다수의 학생들을 희생하고 소수의 학생들만을 위해 예산을 쏟아 붓겠다는 발상이다. 또 그 교육적 목표와 효과의 타당성은 차치하고라도 정부가 추진키로 한 국정 과제라면 당연히 국가가 나서서 추진하든지, 시·도 교육청에 위임하려면 그만큼의 추가 재정 지원을 해야 한다. 하지만 국정 과제란 미명하에 모든 책임을 시·도 교육청에 떠넘기는 것은 의무 교육을 책임지고 있는 정부의 자세로 보기 어렵다.

정부는 절감 목표 달성에 따른 인센티브 제공이란 달콤한 제안을 앞세워 시·도 교육청을 경쟁적으로 몰고 통제할 것이 아니라 오히려 GDP 대비 7%로 교육 재정 확충에 나서야 한다. 인천시교육청은 정부의 지시에 무조건 따르기만 할 것이 아니라 인천이 안고 있는 특수한 여건과 열악한 교육 재정 상황을 솔직하게 드러내야 한다. 이번 교육과학기술부의 지방 교육 재정 10% 절감 지침에 일부 시도는 거부 의사를 밝혔다고 한다. 인천 교육을 위해서라면 좀 더 당당하고 주관있게 결단하는 교육청이 되어야 한다.

인천일보, 2008년 4월 10일자 / 인천시교육위원

'명품교육도시' 외치며 학교 신설비 왜…

인천 경제자유구역, 2014년 아시아 경기 유치, 동북아의 허브 국제 물류 중심 도시…….

듣기만 해도 화려한 말들이다. 인천시는 이런 말들을 빌려 인천을 '명품교육도시'로 만들겠다고 공언해 왔다. 명품교육도시로 만들기 위해서는 기본적 교육 시설을 마련해 주어야 하는 것은 너무나 당연하다.

하지만 인천에서는 초중등 학교 수급 문제와 교육 양극화 두 가지의 교육 현안이 해소되지 않고 있다. 그중 초중 신설 학교 수급 문제를 보면 2020년까지 188개 교의 초중등 학교가 필요하고 이에 따른 예산도 4조 7,000억 원이 들 것으로 추정된다.

현재 '학교 용지 확보 등에 관한 특례법'에 따라 학교 신설과 관련해 학교용지 매입비를 인천시와 교육청이 반씩 부담하고 있다. 하지만 시는 2001년부터 2007년까지 1,810억 원 중 1,314억 원을 부담하지 않고 있다. 시가 교육의 기본인 초중등 학교 신설을 외면한다면 명품은 커녕 교육 도시라는 명성도 얻지 못할 것이다.

시민을 위한 기본적 공공복지 시설인 초중등 학교 신설을 위해 당연히 지불해야 할 법정 전입금을 지불하지 않고 있다. 오히려 경제자유구역의 개발사업자로 자처하며 송도 5·7공구의 초중고교 학교 용지를 시교육청에 팔겠다는 의사를 보이고 있다.

송도국제도시에 들어서는 연세대 송도 캠퍼스의 경우 개발 이익에 따른 8,000억 원의 '특혜' 시비가 불거지고 있다.

상황이 이런데도 정작 시민을 위한 가장 기본적인 공공복지 시설인 초중등학교 신설 비용을 다 받겠다는 것은 이해가 되지 않는다. 명품교육도시를 내세우면서 기본적 하드웨어인 학교 신설 비용을 부담하지 않겠다고 하는 것은 위선이다.

선심성 투자는 발 빠르게 움직이면서 정작 시민에게 가장 중요한 초중등 학교 교육에는 너무나 인색한 시를 보면 누구를 위한 명품교육도시를 만들겠다는 것인지 묻고 싶다.

아무리 화려한 외형의 경제자유구역이라도 '학교 없는 아파트촌'으로 변할 수밖에 없고 이는 정치적 선전에 불과하다. 시는 이제라도 그동안 밀린 법정 전입금을 지불하고 시민을 위한 초중등 학교 신설 문제를 건축 업자의 시각이 아닌 시민의 처지에서 적극 협조해야 한다.

동아일보, 2008년 3월 28일자 / 인천시교육위원

학교안전공제회 문제 제기 이유

학교안전공제회는 우리 아이들이 학교 활동 중 사고로 부상을 당하거나 사망한 경우에 이를 보상해 학생과 교직원 및 학교를 보호하고 안정된 교육 분위기를 조성하기 위해 설립됐다. 학생과 학부모, 교직원들은 이런 학교안전공제회에 대해 어느 정도 알고 있을까.

인천 학교안전공제회 역시 인천의 45만 학생 · 교사 · 학부모의 학교 안전 사고를 예방하고 보상하여 안전한 학교 교육 활동을 보장하기 위해 2007년 특수 법인으로 설립되었지만, 지난 6년간 활동 및 사업 내용을 제대로 알리지 않았다. 심지어 홈페이지조차도 운영하지 않았다.

또 인천학교안전공제회는 학교 안전 사고 예방 및 보상 등 본연의 사업보다 영리 사업과 기금 조성에 더 열을 올려온 것은 아닌지 의구심이 든다. 기금을 늘리기 위한 수익 사업을 할 수는 있지만 주목적이 돼서는 안 된다. 하지만 공제회는 수익 사업으로 학교 소방 점검을 하면서 민간 업체보다 훨씬 비싸게 점검비를 받아왔다.

최근 2년간 인천 전체 초중고 소방 점검 계약 현황을 보면, 2010년에는 학교안전공제회가 66.7%, 민간업체가 33.3%, 2011년에는 학교안전공제회가 66.4%, 민간업체가 33.6% 점검을 했다. 학교안전공제회의 점검비가 더 비쌈에도 많은 학교들이 학교안전공제회와 계약하여 연간 총 6~7천만 원을 더 지급했다.

무엇보다 가장 큰 문제는 폐쇄적 운영 구조와 시교육청의 무관심과 지도감독 부실이다. 얼마 전 필자는 이 공제회에 수익 사업 관련 자료를 요구했다. 이사장이 부교육감이고, 교육감의 승인 하에 전체 사업비가 교육 예산으로 운영되고 있음에도 교육 예산을 심의하고 시교육청을 감시 견제하는 시의원의 정당한 자료 요구에 대해, "행정 사무 감사 대상이 아니다." "요구한 자료는 영업 비밀에 해당하고 자료가 타 업체로 넘어갈 경우 막대한 손실이 예상된다."는 이해할 수 없는 논리로 자료 제출을 거부했다.

공제회 정관에는 임원은 4급 이상의 공무원, 변호사 또는 공인회계사, 전문의, 대학교수 등으로 구성하고 교육감이 임명하게 돼 있다. 공제회의 성격상 피공제자인 학생, 교사, 학부모 등 친권자, 후견인 외 다양한 외부 전문가를 임원으로 참여토록 규정하고 있다. 하지만 실제론 임원 13명 중 12명이 교육 관료와 교장 등 내부 임원으로 구성돼 있었다. 임직원도 사무국장, 부장, 팀장이 '퇴임 공무원'이다.

인천학교안전공제회는 사업 계획서 및 예·결산서를 사전에 교육감에게 제출하여 승인을 받아야 하고, 교육감은 사업과 회계에 대한 지도감독을 해야 한다. 하지만 시교육청은 지난 6년간 단 한 차례 감사조차

한 사실이 없다.

이 공제회에는 현재 60억 원 이상의 적립 기금이 있다고 한다. 아이들과 교직원의 안전을 위하는 일보다 기금을 늘리는 데 더 많은 관심을 가져온 것은 아닌지 우려된다. 공제회는 설립 목적대로 학교 안전 사고 예방과 보상이란 본연의 업무에 충실해야 한다. 시교육청 역시 공제회가 투명하고 바르게 운영되도록 지도 감독을 강화해야 한다.

인천일보, 2012년 3월 7일자 / 인천시의원

5.13. 교육 주체와 학교안전공제회(2)
학교안전공제회 특감해야

학교 내 교육 활동 중 아이들의 안전 사고를 예방하고 사고 발생시 신속하고 적절한 보상에 전념해야 할 인천학교안전공제회가 전체 임원진 13명 중 12명을 교육계 내부 임원으로 구성하고 심지어 사무국 직원까지 교육 관료를 특채하는 등 폐쇄적 운영을 해와 비난을 받고 있다.

특히 기금 마련을 명분으로 소방 시설 점검 사업을 수익 사업으로 하면서 민간업체보다 더 비싼 점검료를 받는가하면, 감독 기관인 소방서로비용으로 퇴직 소방공무원을 소방 시설 센터장으로 채용한 후 부적절한 식사제공까지 한 의혹이 있어 소방안전본부가 자체 감찰을 하는 등 폐쇄적 운영과 부적절한 수익 사업과 관련한 문제점이 속속 드러나고 있다.

이처럼 여러 문제점과 의혹이 눈덩이처럼 커져가고 있는 상황임에도 관리 감독청인 인천시교육청은 개선을 위한 조치를 하거나 이와 관련한 어떠한 입장도 밝히고 있지 않고 있다. 지난 6년간 단 한차례의 회계 및 사업

감사를 하지 않은 시교육청이 학교안전공제회를 비호하고 있는 게 아닌가 하는 의혹을 갖게 하고 있다.

최근 전국 16개 시·도 학교안전공제회의 임원 현황을 분석 비교해 본 결과, 인천과 경기도를 제외한 14개 시도 학교안전공제회가 '학교 안전 사고 예방 및 보상에 관한 법률(제20조)' 및 정관에 맞게 내부 임원뿐만 아니라 변호사, 전문의, 교수, 공인회계사 등 다수의 외부 전문가로 구성돼 있음을 알 수 있었다. 특히 서울을 포함한 9개 시도는 '공인회계사'를 감사로 선임해 운영의 공정성과 투명성을 높이고자 하고 있었다.

주지하는 바와 같이 학교안전공제회는 설립 취지에 맞게 교육 관료뿐만 아니라 학부모, 교원을 포함해 외부 전문가로 임원을 구성해야 한다. 그래야 보다 학교 안전 사고 예방과 보상의 전문성을 높이고 운영의 객관성을 담보할 수 있는 것이다. 관계법이 피공제자와 다수의 외부 전문가를 임원으로 구성케 한 이유를 되돌아봐야 한다.

지난 연말 대구 중학생 자살 사건 이후 온 국민이 학교 폭력의 심각성을 인식하고 예방 및 근절에 대한 사회적 합의를 모색 중이다. 학교 폭력예방법을 개정하고 현실에 맞게 여러 대책도 발표되었다. 특히, 개정된 '학교 폭력예방에 관한 법률'은 학교 폭력 발생 후 피해자나 학부모가 원할 경우 학교안전공제회에서 먼저 피해를 보상하고 나중에 구상권을 행사하도록 하고 있다. 즉, 학교 폭력과 관련해서도 학교안전공제회의 기능과 역할이 중요해 진 것이다.

이처럼 중요한 역할을 해야 할 인천학교안전공제회가 안타깝게도 16개 시도 공제회 가운데 가장 부적절한 임직원 구성과 폐쇄적 운영, 부적절한 수익 사업 운영을 해 앞으로 확대된 역할을 제대로 할지 의문이다.

운영과 관련해 외부 전문가가 한명도 없고 시교육청으로부터 단 한차례의 감사도 받지 않은 인천학교안전공제회에 대해 시교육청은 관계법과 정관에 맞게 지금이라도 임원을 재선임해야 함은 물론 반드시 특감을 해야 한다. 시교육청이 자발적으로 쇄신하지 않는다면 결국 상부기관과 감사원의 감사를 면치 못할 것임을 명심해야 한다.

인천일보, 2012년 4월 9일자 / 인천시의원

5.14. 교육 주체와 학교 행정
예비 학부모 교육 필요하다

십여 년 전 큰 아이가 초등학교에 입학하던 해였다. 정작 초등학교 입학은 큰 딸아이가 하건만 엄마인 필자가 더 가슴이 설레고 이런저런 걱정에 심란해 잠을 설치곤 했다. 마치 내가 다시 초등학교에 입학하는 것처럼 흥분되고 긴장됐다. 유치원과는 또 다른 제도권 공교육에 첫 아이를 입학시키면서 느끼는 부모로서의 기대와 불안이 겹쳐서 그랬던 것 같다.

그 후 십 년이 훨씬 지난 요즘도 첫아이를 초등학교에 입학시켜야 하는 많은 '예비 학부모' 역시 필자가 과거에 느꼈던 비슷한 걱정과 불안을 여전히 경험하고 있다. 유치원을 벗어나 제도권 사회 생활의 큰 변화를 맞으면서 예비 학부모들은 첫 아이를 학교에 보낸다는 기대보다는 불안과 걱정이 더 앞선다는 것이다. 부모로서 자녀를 처음 학교에 보내면서 갖는 고민은 거의 비슷한 것 같다.

'내 아이가 공부 잘하고 학교 생활에 적응을 잘해야 될 텐데', '다른 애들은 이런 저런 사교육과 선행 학습을 시켰다는데 혹시 우리 애만 뒤처지지는 않을까', '담임 선생님 말씀 잘 듣고 반 친구들과도 잘 지내야 왕따 되지 않을 텐데', '내 아이 학교 생활에 문제가 생기면 담임 선생님을 어떤 식으로 만나야 하나', '학교 갈 때 정말 빈손으로 가도 되나', '학부모 단체도 많다고 하는데 어떤 단체에 들어가야 좋을까'.

필자는 이런 예비 학부모의 불안과 걱정을 덜어주고 자녀의 첫 학교 생활 적응을 돕기위해 매년 신학기 시작 전 2월초에 '초등 예비 학부모 교실'을 열어 궁금해 하는 것과 자녀의 입학 전후에 반드시 알아 둬야 할 실질적인 내용을 교육해 왔다.

입학 준비물을 챙길 때 학교에서 색종이·도화지 등 기본 학용품을 제공하므로 불필요한 학용품을 미리 구입할 필요가 없다든지, 자녀의 즐겁고 올바른 학교 생활 적응을 위해 가정에서 부모의 역할과 자녀 생활 지도 방법, 자녀의 학교 생활이 궁금하거나 상담이 필요할 때 담임 선생님과 면담하는 방법, 촌지를 들고 가서는 안되는 교육적 이유, 학교나 학급을 위한 학부모 역할과 건강하게 학부모 단체 활동하는 방법, 그외 오랫동안 1학년을 지도한 선생님들이 학부모에게 당부하고 싶은 말 등이 주요 교육 내용이었다.

학교 교육의 첫 단추를 어떻게 끼우는 가, 즉 초기 초등 학교 생활 적응의 성패와 학교 생활 만족도는 이어지는 중고교 생활 전체에도 큰 영향을 미친다는 점에서 매우 중요하다. 아이들에게 학교는 '가고 싶은 학교, 즐거운 학교'가 될 수도 있고 '가기 싫은 학교, 재미없는 학교'가 될 수도 있다. 그래서 더욱 초등 예비 학부모 교육은 중요하다.

그러나 이처럼 중요한 예비 학부모 교육이 그동안은 주로 지역의 교육 관련 시민 사회 단체나 학부모 단체 등 민간 단체 중심으로 운영돼 왔다. 잔뜩 기대를 하고 예비 소집일에 학교에 가면 형식적인 절차로 취학통지서를 제출하고 학교로부터 학교 안내문 한장 달랑 받아오는 것이 보통이었다. 학교 예비 소집일에 이런 유익한 학부모 교육과 특강을 한다면 얼마나 좋을까. 제대로 교육받고 준비된 예비 학부모들은 자신감을 갖고 자녀의 학교 생활 적응을 적극적으로 돕고 학부모 역할도 더 잘할 수 있을 것이다.

올해 인천시교육청이 전국에서 처음으로 모든 초등학교 예비 소집일이나 학기초에 학부모 특강을 통해 예비 학부모 교육을 실시하겠다고 한다. 초등학교 예비 학부모와 학생들의 입학 초기 부적응 해소를 위한 교육용 자료집과 동영상을 만들어 모든 유치원과 초등학교에 배부하기로 한 것은 매우 적극적이고 바람직한 결정이다.

모처럼 교육청이 정례화를 목표로 실시하는 예비 학부모 교육이 일회성으로 끝나거나 형식적인 교육이 아니라 큰 도움을 줄 수 있는 유익한 교육으로 자리매김하길 바란다. 올 봄은 초등 예비 학부모와 아이들이 그 어느 때보다 더 즐겁고 자신있게 학교 생활을 시작할 수 있을 것 같다.

경인일보, 2007년 1월 11일자 / 참교육학부모회 인천지부장

5.15 교육 주체와 이해 충돌
알맹이 빠진 원도심 교육 대책

원도심(구도심) 교육에 빨간 불이 켜졌다. 몇 년전부터 이미 일부 학교들이 하나 둘 씩 원도심을 떠났다.

이어서 지난해 제물포고가 송도 이전을 추진하다가 중구, 동구, 남구 등 소위 원도심 주민들의 거센 반발에 묶여 보류된 상태. 탈원도심 학교 문제가 원도심 공동화와 지역 균형 발전의 최대 걸림돌이자 악순환의 출발점임을 주민들이 모를 리 없다. 올 여름 또다시 박문여중고의 송도 이전이 가시화되면서 원도심 교육 문제는 인천 지역의 가장 큰 쟁점이 됐다.

지난 여름 찌는 폭염과 폭우 속에서도 몇 달 간 수백 명의 원도심 주민은 박문여중고의 송도 이전 반대 집회를 했다. 하지만 끝내 인천시교육청은 이런 저런 이유를 내세워 박문여중고와 재단의 손을 들어 주었다. 박문여중고의 송도 이전 승인을 기다렸다는 듯이 이번엔 K고가 청라로 이전하겠다고 한다.

문제는 K고를 포함해 이후 송도나 청라 등 소위 신도심으로 이전을 희망하는 학교들이 박문여중고 이전 찬반 논쟁을 통해 충분히 학습됐다는 것. 즉 박문여중고처럼 '학생수 감소', '학교 시설 노후화' 등의 이유를 들어 이전신청을 할 가능성이 높고, 교육청 역시 박문여중고 이전 승인 때와 유사한 명분으로 승인해 줄 가능성이 크다는 것이다.

그런데 더욱 이해할 수 없는 것은 원도심 일부 학교들이 줄줄이 탈원도심을 꿈꾸며 움직이고 있는 시기에 맞춰 시교육청이 '원도심 교육 활성화 대책' 카드를 꺼낸 점이다. 시교육청은 원도심 교육을 위해 2013년부터 5년간 총 2,000여억 원의 예산을 투입할 계획이다.

우선 내년에 241억 원을 반영하고, 연차적으로 5년간 원도심의 81개 초·중·고교를 대상으로 '교육 여건 개선 사업', '교육 환경 개선 사업', '교육 복지 실현' 등 3개 분야 16개 사업을 추진하겠다고 한다.

구체적 내용을 보면 '교육 여건 개선 사업'으로 연구 학교 지정 확대, 우수 교원 배치, 일반고 기숙사 건립·자율형 공립고 전환, 기초 학력 보장, 스마트교육 모델 학교 지정, '교육 환경 개선 사업'으로 융합 인재 교육용 과학 교실 구축과 특성화고 실습실 현대화, 급식 시설 리모델링, '교육 복지 사업'으로 초등 돌봄 교실 확대, 교육 복지 학교 우선 지정, 전문 상담사 배치 등이다.

그런데 이들 사업 내용을 찬찬히 살펴보면 '이미 전부터 시행해온 사업들이 대부분'이거나, 시의회에서 1% 특정 학생들만을 위한 특혜성 사업으로 두 차례나 삭감된 '일반고 기숙사' 끼워 넣기 사업이란 점이다.

시교육청은 원도심 주민과 학생들이 원하는 교육이 어떤 것인지를 진정 모른단 말인가. 한쪽에선 오랜 전통을 자랑하며 원도심 교육을 지켜 온 학교들을 빼서 신도심으로 이전하게 해 원도심 공동화와 남은 학생들에게 불편을 초래하고, 다른 한쪽에선 '남은 학교와 학생들 달래기식' 아니 '소 잃고(내보내고) 외양간 고치기식'으로 이런 저런 교육 여건 개선 사업을 해준다고 하니 이런 아이러니가 또 어디 있는가.

원도심 주민이 원하는 것은 '현재 원도심에 있는 학교를 그대로 있게 하는 것'이다. 그런 다음 원도심 실정에 맞는 교육 환경 개선을 해주기를 바라는 것이다.

인천일보, 2012년 12월 28일 / 인천시의원

6.1. 학교 부실 공사 더 이상 안 된다 6.2. 연평도 주민 두 번 울린 교육청 6.3. 인천 교육의 변화를 기대하며 6.4. 교육 비리 제대로 근절 하려면 6.5. 전국 최하위 청렴도의 부끄러운 인천 교육 6.6. 성공적인 혁신의 조건 6.7. 진정한 교육 패러다임 변화를 위한 길 6.8. 고통 없는 혁신은 없다

6 교육 혁신,

우리 교육 바뀌어야 한다.

6.1. 교육 혁신과 BTL 학교 공사
학교 부실 공사 더 이상 안 된다

　예상은 했지만 충격적이다. 지난 4월 인천시교육위원회에서 처음 문제제기한 초등학교 교실 바닥 부실 공사가 발단이 됐다. 이후 필자는 최근 몇 년간 지어진 인천 지역 신축 학교 부실 공사에 대한 특별 감사를 요청했고, 인천시교육청이 초중고 10개 학교를 열흘간 조사한 내용은 말 그대로 부실 투성이었다.

　감사 결과 비KS 바닥 자재 사용, 칸막이 코킹 부족 시공, 설계도와 다른 옥상 방수 처리 시공, 설계 변경에 의한 물가 변동 적용액 미회수, 하도급 관리심사 미실시 등이 적발되었다. 이에 대한 책임을 물어 교육청은 당시 담당공무원 10명에 '경고', 19명에 '주의' 행정 처분을 하였다. 또 부실 시공이나 설계와 다르게 부족 시공한 건축업체에는 보완 시공을 하게 하였고, 감리 용역업체는 인천시를 통해 행정 처분하도록 조치하였다.

　10개교 중 두 학교가 비KS 바닥 자재를 사용하였다. 이번 감사를 하며 비로소 사용한 바닥 재질에 대한 실험이 이뤄졌다. 이들 학교에 사용된 비KS 바닥재가 내마모성에 이상은 없다고 나왔지만, '산업표준화법 규정'에 KS제품을 쓰도록 돼 있는데도 안 쓴 것은 명백한 잘못이다. 이는 학교 공사를 하며 제품의 강도가 인정된 KS자재를 쓰지 않는 업체들이 여전히 많음을 의미한다.

또 신축된 지 2년밖에 안 된 부평 지역의 두 학교 옥상 방수 공사는 우레탄 두께를 2㎜가 아닌 1.5㎜로 시공하여 옥상 여러 군데서 균열이 나타났다. 이런 균열이 바로 누수의 원인이 된다. 그렇다면 건축비는 제대로 관리·집행되었을까. 물가 변동으로 인한 계약 금액 조정은 설계 변경이 발생하면 정산을 해서 회수해야 함에도 일부 학교가 제대로 계약 금액을 회수하지 않았다. 어디 이들 학교뿐이겠는가.

하도급 관리 역시 허술하기는 마찬가지였다. 부실 시공을 방지하기 위해 82% 미만으로 하도급을 줄 경우 반드시 심사하도록 한 '건설 공사 하도급 심사 지침'이 있지만, 당시 관할 교육청은 신축 공사 하도급 비율이 82% 미만인 학교들에 대해 심사를 하지 않았다.

이와 같은 교육청의 주먹구구식 관리로 많은 학교 신축 공사는 부실화할 수밖에 없었고, 아무도 관심 갖지 않고 책임지지 않는 느슨함 속에서 아까운 교육 예산이 낭비되고 있었다. 이번 감사가 불과 10개 신축 학교만 대상으로, 그것도 눈에 보이는 몇 군데만 조사했을 뿐인데 이 정도 문제가 있었다면, 과연 인천 전 지역 학교로 확대 조사한다면 얼마나 더 심각하겠는가.

더욱 놀라운 것은 인천시교육청이 학교 공사와 관련해 자체적으로 감사를 실시한 적이 그동안 한 번도 없었다는 점이다. 학교 교육의 내용과 질이 소프트웨어라면 학교 건물은 그것을 담는 하드웨어라 할 수 있다. 더욱이 학교는 40만 인천 초중고 학생들이 매일 생활하고 공부하는 공간이 아닌가.

인천에선 최근 개발지역 증가에 따라 거의 매년 10여 개 학교를 신축하고 있다. 학교를 신축할 예산이 없어서 몇 년 전부터 민간 자본으로 BTL 학교를 지어왔다. 또 원인자 부담이란 명목으로 개발 사업자들에게 학교를 지어 기부채납토록 하는 것이 오늘의 인천 교육 현실이다. 하지만 학교를 더 많이 신축하는 것에만 급급했을 뿐 학교가 제대로 잘 지어지도록 관리하는 데는 소홀했던 것이다.

하지만 지금이라도 늦지 않았다. 이번 신축 학교 부실 공사 감사는 매우 중요한 의미를 지닌다. 처음 시행했지만 이번 감사를 바탕으로 인천시교육청은 신축 학교 부실 공사 재발 방지를 위한 대안을 새롭게 마련할 수 있게 됐다. 가장 중요한 것은 확고한 의지다. 향후 시교육청은 학교 신축 계획 및 설계, 시공사·감리업체 선정과 준공 후 AS에 이르기까지 더 철저한 관리 감독을 해야 한다.

그런데도 신축 학교 시공사의 잘못으로 부실 공사가 또 발생하면, '부정당업자 제재 규정'을 엄격하게 적용하여 그런 업체를 학교 등 관급 공사 입찰 참여에 제한하여 부실 공사를 줄여 나가야 한다.

인천신문, 2008년 8월 15일자 / 인천시교육위원

6.2. 교육 혁신과 연평도 학교 공사
연평도 주민 두번 울린 교육청

　엄밀히 말하자면 휴전 중인 분단 국가이지만 그 사실을 일상 속에서 까맣게 잊고 사는 우리에게 '2년전 연평도 포격'은 충격 그 자체였다.

　당시 서해5도, 아니 이 땅 어디에 살든 누구나 머리 위로 포격이 날아들지 모를 거란 공포를 느꼈을 것이다. 그래서 우리는 연평도 주민의 고통과 아픔을 내 일처럼 느꼈었고, 다시는 이런 아픔을 되풀이 하지 않도록 만반의 준비를 하리라 다짐했었다.

　포격이 있던 다음날 연안부두의 첫 피난배에서 내리던 연평도 주민의 모습을 생생히 봤다. 주민들은 추위와 공포에 질린 채, 수 십년 정든 터전에서 가재도구 하나 챙기지 못했지만 사랑하는 가족들의 무사함에 안도한 표정으로 손에 손을 잡고, 자녀들의 어깨를 부둥켜 안고 삼삼오오 부두로 오르고 있었다.

　그리고 2년이 흘렀다.

주민들은 다시 정든 고향으로 돌아가 살고 있다. 하지만 최근 북의 연이은 도발적 발언으로 연평도는 2년 전처럼 전운에 휩싸여 있다. 당시도 지금도 중앙정부와 지자체는 연평도 주민을 위한 여러 약속을 하고 있다. 금은보화를 쌓아둔들 목숨이 없으면 무슨 소용이 있나. 특히 사랑하는 자녀의 안전이 보장되지 않는다면 어느 부모가 가만히 있을 수 있나.

연평도 포격을 직접 겪은 주민에게 가장 중요한 것은 만일의 또다른 포격을 대비한 '안전한 대피 시설'이다. 포격 후 행안부와 교과부는 연평도에 대피 시설과 학교 신축 예산을 지원했다. 행안부는 서둘러 서해5도에 대피 시설을 만들었다. 백령도와 대청도엔 학교안에 아이들이 신속히 대피할 수 있도록 대피소를 설치했다.

하지만 이게 어찌된 일인가. 인천시교육청은 포격을 직접 당한 연평도에 2년이 지나도록 학교 신축은 커녕 아이들을 위한 지하 대피 시설도 만들지 않았다. 지난 8일 연평도를 직접 찾아가 이제 겨우 파일 기초 공사가 진행 중인 학교 공사 현장을 보고 경악했다.

일반학교보다 두 배나 넓은 학교 부지를 어떻게 설계했는지 운동장 한가운데 대각선으로 교사동이 들어서게 했다. 더욱이 아이들의 안전을 위해 가장 중요한 지하 대피 시설은 당초 계획(500명 수용, 600㎡)과는 달리 112.5㎡터 임시대피소로 전락해 있었다.

지난해 10월 이런 상황을 알게 된 주민들이 항의하며 시교육청에 아이들을 위한 학교내 지하 대피소와 기존 교사동을 헐고 그 자리에 학교를 지어 줄 것을 요구하는 청원까지 했지만 교육감은 주민들의 의견을 무시한 채 일부 설계만을 변경해 학교 공사를 강행하고자 했다.

하지만 주민들의 끈질긴 노력으로 389명 연평도 주민이 청원하고 이상철 의원이 소개한 연평통합학교 청원안이 14일 교육위서 원안대로 통과됐다. 주민들이 지난 6개월간 피나는 노력을 하며 싸워온 결과다.

이번 연평도 사건은 우리에게 시사하는 바가 크다. 주민을 무시한 잘못된 관료주의 행정에 대한 경고요, 깨어있는 민주주의의 승리인 것이다. 연평도통합학교 문제는 한마디로 주민의 안전을 위한다는 명분으로 시작한 사업이 결국 주민은 사라지고 '공사를 위한 공사, 관료를 위한 공사 사업'으로 바뀌었다는 점이다. 주민 의견이 전혀 반영이 안 된 채 교육청이 제멋대로 추진해오다 주민들의 반발에 부딪쳐 결국 '백기'를 들었지만 그 피해는 고스란히 연평도 주민에게 돌아가게 된 셈이다.

청원이 채택돼 원점서 다시 학교 공사를 하게 됐지만 문제는 이제부터다. 당초 계획에 있던 지하 대피 시설이 사라진 점, 계획보다 공사가 2년 늦어진 점, 기존 교사동을 철거한 후 증개축 한다고 하고 선 운동장 한가운데 교사동을 설계한 점, 증개축 공사이면서 신축 단가를 적용해 수십억 원 공사비가 부풀려진 의혹에 대해 교과부, 감사원 감사는 물론 검찰의 수사가 반드시 필요하게 됐다는 점이다.

접경 지역의 연평도 주민을 두 번 울게 한 이번 사건은 인천시교육청의 직무유기적인 행정과 비리 의혹을 제대로 짚어야만 마침내 해결되는 것이다.

인천일보, 2013년 3월 22일자 / 인천시의원

6.3. 교육 혁신과 규칙 지키기
인천 교육의 변화를 기대하며

세상 어디서나 마찬가지로 교육계 비리 문제도 대부분 돈과 관련된다. 인사, 수학 여행, 급식, 시설 및 학교 납품 계약 비리가 모두 그러하다. 올바른 교육을 위해 행사해야 할 인사권과 예산 집행권이지만 사적인 욕심이 가미되면 교육을 위한다는 본래 목적이 조금씩 빛을 바랜다. 마침내 교육은 보이지 않고 욕심만 남는다. 이것이 결국 비리나 부패의 진행 과정인 것이다. 세상에 돈을 싫어하는 사람이 몇이나 될까. 하지만 모든 사람들이 원하는 만큼 다 가질 수는 없다. 그래서 일부 지나친 사람들은 수단과 방법을 가리지 않고 돈을 원하게 된다.

자라나는 아이들은 가정, 학교, 사회 속의 올바른 관계를 유지하는 '규칙'을 마음속에 정한다. 이것이 몸으로 익히는 생활 교육의 한 모습인 것이다. 어릴 때 올바르다고 생각하며 익힌 규칙은 평생을 간다. 그래서 아이들이 익힌 규칙은 성인이 되어 사회에 나갔을 때까지 사용된다. 즉, 마음속의 규칙을 정하는 올바른 교육은 사회의 중요한 바탕이 된다.

이처럼 교육의 중요 내용 중 하나가 '규칙 지키기'이다. 교육은 아이들에게 해야 할 것과 하지 말아야 할 것을 가르친다. 우리가 학력과 함께 중요시 여기는 '인성 교육'은 교과서에 적힌 '올바르고 착하게'를 반복적으로 암기한다고 해서 얻어지는 것이 아니다. 아이들 자신의 경험과 일치하는 교과서의 내용만을 자신이 지켜야할 규칙이라고 받아들인다. 그래서 아이들의 거울인 부모와 선생님의 올바른 생활과 언행일치가 중요한 것이다.

　교육 비리가 터져 나올 때마다 듣는 이야기가 '너무 때리면 교육자들의 사기가 떨어져서…'라고들 한다. 그 어느 분야보다 더 청렴하고 존경받아야할 교육계가 일부 몰지각한 교육자들의 '비리'때문에 전체 교육자들 명예가 실추되는 것은 사실이다. 일부의 비리 때문에 전체를 불신의 눈길로 바라보는 학생들과 학부모를 대하면 힘이 빠질 수밖에 없을 것이다. 하지만 교육이라는 중요한 역할을 요구받은 사람들의 피할 수 없는 일이 아닐까.

　교육계가 자라나는 아이들 앞에 존경과 신뢰를 회복하기 위해서는 일부 교육자들의 불법 행위와 교육 비리를 스스로 근절해야 한다. 그래서 올바르게 교육하는 선생님들이 존경받는 풍토를 만들려는 노력이 필요하다. 이것이 바로 진정한 '교육 자치'의 시작이며, '학교 자율화'를 위한 전제 조건인 것이다. 이러한 노력은 아이들의 선생님에 대한 존경심을 더욱 높여갈 것이다. 혹시나 가정에서 잘못 배운 아이라 할지라도, 마음 깊이 존경하는 선생님들을 통해 올바른 인성을 갖춘 인간으로 조금씩 변해갈 것이다.

구석구석 숨겨져 있는 오래된 교육 비리를 없애고자 목소리를 높일 수밖에 없는 필자도 성실한 교육자들의 위상이 떨어지는 것을 안타깝게 생각한다.

　하루도 잠잠할 날이 없다고 할 정도로 끊임없이 불거져 나오는 교육 비리가 어제 오늘의 일이 아님에도 불구하고 인천시교육청이 진정으로 교육 비리를 근절할 굳은 의지가 있는지 여전히 의구심이 든다. 문제가 터질 때마다 임시 미봉책으로 때우고 있을 뿐 수많은 사람들의 교육 비리 척결 요구에도 불구하고 근본적인 제도 개선에는 소극적이기 때문이다.

　옛말에 '윗물이 맑아야 아랫물이 맑다'는 말이 있다. 인천교육계에서 연일 불거져 나오는 각종 교육 비리 문제들에 대해 교육청이 철저한 대응과 재발방지를 위한 대안 마련에 소극적인 것이 윗물로서의 자신감 부족 때문은 아닌지 의구심의 눈초리를 보내는 것이 나만은 아닌듯하다. 윗물의 노력이 부족할 경우, 성실히 살아온 다수 교육자들을 낙망케 하고, 마침내 흐려진 윗물 방식을 따라가게 된다.

인천신문, 2010년 8월 23일자 / 인천시의원

6.4. 교육 혁신과 교육 비리 근절 의지
교육 비리 제대로 근절하려면

인천에선 올해만 해도 호화 교장실 문제, 학교 급식, 수학 여행, 시설과 피복비, 학습용 부교재, 교과부 직원 유학비 부당 집행 문제 등 유형을 다 기억하기 어려울 정도의 많은 교육 비리가 발생했다. 이런 각종 교육 비리로 경찰 수사나 시교육청 감사를 받은 관련 공무원만 무려 100명이 넘는다.

최근 몇달은 또 어떤가. 3선 교육감에 당선은 되었지만 곧 선거법 위반으로 당선 무효형을 가까스로 비켜가 교육 수장으로서의 체면을 구긴 가운데, 곧바로 딸의 공립 교원 특채 의혹을 받고 있다. 인천외고의 성적 조작 사건으로 자체 감사는 물론 경찰이 이 학교를 대상으로 수사를 하고 있는 상황 속에서, 태풍 곤파스가 인천을 휩쓸고 간 이틀 후 피해를 입은 학교 복구에 신경 쓰기에도 정신없을 시기에 성적 조작 사건으로 징계 대상인 학교 교장을 포함한 일부 사립고 교장들과 골프를 즐겼다.

이와 관련해 지난 4일 '인천교육 비리 근절을 위한 제도 개선방안 토론회'가 열렸다. 토론회에선 교육 비리가 근절되지 않는 원인과 대안들이 제시되었다. 그 원인으론 교육 비리를 오래된 관행 정도로 치부하는 교육계의 도덕 불감증, 학교장의 막강한 권한 집중, 제 역할을 하지 못하는 학교운영위원회, 온정적 감사나 부실한 수사, 교육 비리 공무원에 대한 솜방망이 징계, 형식적인 시민감사관제 등 감사 관련 제도 운영 문제 등이 공통으로 지적되었다.

그러나 무엇보다도 가장 심각한 문제는 교육청의 교육 비리 근절에 대한 강한 '의지 부족'을 들 수 있다. 취임 100일을 맞은 교육감은 급식 비리, 수학여행 비리 근절을 위해 감사담당관을 공모를 통해 임명하겠다고 밝힌 바 있다. 이는 인천만 도입해 실시하는 제도가 아니라 '공공감사에 관한 법률'에 의거 이미 교과부는 개방형 감사관으로 부장 검사 출신을 임용하였고 16개 시도에서 모두 추진하고 있다.

이런 개방형 감사관제가 성공하려면 내부보다 가능하면 외부 전문가로 해야 인사권자나 인간 관계에서 보다 자유롭고 공정하게 감사 업무를 수행할 수 있을 것이다. 물론 내부든 외부든 가장 중요한 것은 원칙에 입각한 공정한 감사를 하려는 흔들리지 않는 '의지'와 '실행'일 것이다.

따라서 개방형 공모로 감사담당관을 임용하여 인천의 교육 비리가 근절될 수 있기를 간절히 바라지만, 지금까지 운영해 온 제도들을 살펴보면 비리 척결 과정에서 발생하는 저항 세력에 굽히지 않는 '의지'가 수반되지 않은 채 오직 외부에 보이기 위한 새로운 '제도'만으론 실질적 교육 비리가 근절될 수 없다는 것은 분명한 사실이다.

상황이 이러함에도 최근 교육청은 중복 심의 및 징계위 개선을 이유로 '교직복무심의위원회'를 폐지했다. 정말 비리 근절 의지가 있는지 의심하게 된다. 지금이라도 교육청이 교육 비리 근절 의지에 대한 진정성을 인정받으려면 징계위원회를 반드시 다시 구성해야 한다.

그리고 감사직의 독립성과 전문성 확보, 학교운영위원회의 의결 기구화 및 실질적인 권한 강화, 제왕적 학교장 권한에 대한 견제 장치도 마련해야 한다.

시교육청은 지난 5월 금품·향응수수 관련 징계 양정 기준을 강화했다. 향후 인천 교육이 더 맑고 투명해질지 지켜볼 일이다. 시간이 지나면 또 흐지부지되는 일이 없기를 바라며, 교육 비리 척결에 따르는 내부적 고통이 있더라도 말없이 지켜보는 학생, 학부모, 시민의 눈을 더 두려워할 줄 알아야 한다.

인천일보, 2010년 11월 23일자 / 인천시의원

6.5. 교육 혁신과 청렴도
전국 최하위 청렴도의 부끄러운 인천 교육

국민권익위가 주관한 '2011 공공기관 청렴도 평가'에서 인천시교육청의 청렴도가 전국 16개 시·도교육청 가운데 또다시 12위를 하였다. 거의 매년 인천시교육청의 청렴도는 전국 최하위권에 머물고 있다. 올해 인천시교육청의 청렴도는 7.40점으로 지난해보다 0.52점이 감소하였고, 내부 청렴도는 7.52점으로 전국에서 최하위, 외부 청렴도는 7.64점으로 12위인 것으로 나타났다.

또 전국 169개 지역교육청 종합 청렴도 평가에서는 8.07점을 받은 동부교육청이 4등급, 북부 서부 남부는 3등급으로 인천의 5개 지역교육청 가운데 1, 2등급을 받은 교육청은 단 한 군데도 없다.

인천시교육청이 해마다 자신만만하게 큰 소리로 외쳐 온 '반부패 원년 선포', '청렴한 인천 교육'이 진정성 없이 겉으로만 내세운 헛구호가 아니고서야 어떻게 거의 매년 청렴도가 전국 꼴찌 수준을 반복할 수 있단 말인가. 도대체 무엇 때문에 인천 교육이 이처럼 청렴도가 낮아 인천 시민에게 얼굴을 들 수 없을 정도로 부끄러운 모습을 계속해서 보여주는 것인가.

인천시교육청은 지난해 교육 비리를 근절하고 청렴도를 높이기 위해 '개방형 감사관제'를 새롭게 도입했다. 하지만, 개방형 감사관제 도입 이후에도 교육 비리는 계속 발생했고 좀처럼 투명하고 맑은 인천 교육을 찾아볼 수 없었다. 아니, 오히려 더 방법이 대담해지고 더 심각한 수준의 교육 비리가 발생해 왔는지도 모르겠다.

각종 학교 시설 공사 관련 관리 감독을 제대로 하여 부실 시공을 막고 안전하고 쾌적한 학교 시설을 책임져야할 인천시교육청 전 기획관리국장, 시설과 과장 및 직원 등 8명이 '뇌물 수수 혐의'로 무더기로 적발돼 지금도 검찰에서 수사 중인 초유의 사건이 올해 터졌고, 시교육청 자체 감사 결과 수 백명의 교사들이 대학 입학을 위해 공정하게 관리되어야 할 학생부를 부당하게 수정한 것이 드러났으며, 이들 중 일부교사는 검경의 수사 결과 유죄가 확정돼 곧 징계 받을 예정이다.

동부교육청 관내 한 초교의 교장은 자신과 같이 근무하는 학교 교사 2명의 명의로 차명 계좌를 만들어 수천만 원이나 되는 의문의 뭉칫돈을 몇 년간 관리하여 온 것이 드러나 현재 경찰의 수사를 받고 있다. 또, 교단에서 올바르게 아이들을 교육해야 할 일부 교사들은 성범죄에 연루돼 교단을 떠나거나 일부 교사는 징계를 받은 후에도 여전히 교단에서 아이들을 가르치고 있다.

서부교육청 관내 한 중학교 교장은 학부모에게 자신의 치과치료비를 부적절하게 대납하게 하였으며, 일 년에 두 차례 실시하는 교장 퇴임을 앞둔 학교들에 대한 교육청 정기 감사에서는 무자격자와의 수의 계약, 공사비 과다 지급 및 회수 등 각종 공사 관련 위법 부당한 계약이나 집행 사실이 거의 동일한 방법과 수준으로 발생되어 왔음도 드러났다.

학교 관리자들이 자신의 집을 수리하거나 공사해도 이렇게 했겠는가. 문제는 교육청의 징계 조치를 받은 후에도 문제가 개선되지 않은 채 반복하여 발생하고 있다는 것이다. 이처럼 올 한 해도 그 사례를 일일이 언급하기 힘들 정도로 많은 교육 비리가 발생해 왔다. 이는 인천시교육청이 교육 비리 근절에 대한 확고한 의지 없이 그저 형식적인 솜방망이 처분만을 반복해 온 결과가 아니겠는가.

옛말에 '윗 물이 맑아야 아랫 물도 맑다'는 말이 있다. 인천시교육청의 청렴도가 이처럼 낮고 연일 교육 비리가 끊이지 않고 발생하는 것은 결국 인천교육의 최고 수장인 나근형 교육감이 '부패와의 전쟁'에 자신이 없기 때문이 아닌지 우려된다. 만약, 이대로 계속해서 인천 교육이 나아간다면 앞으로는 더 큰 고통과 희생을 감내해야 할 상황이 올지도 모른다. 그래서 더 늦기 전에 특단의 조치가 필요한 것이다.

모든 공공기관이 다 청렴해야 하지만 특히, 자라나는 아이들을 올곧게 가르쳐야할 책무가 있기에 교육 기관의 청렴도는 더욱 중요하다. 인천시교육청이 뼛속까지 바꾼다는 의지로 죽을 각오로 노력하지 않으면, '청렴도 최하위 교육청'이란 오명을 계속 들을 수 밖에 없다. 새해 인천시교육청의 각오가 궁금하다.

인천신문, 2011년 12월 29일자 / 인천시의원

6.6. 교육 혁신과 성공
성공적인 혁신의 조건

"민간 기업과 경쟁해 혁신이 밀리는 부처는 다음 정권에서 반드시 불이익이 오도록 여러가지 제도적 장치를 마련해 갈 것입니다. 혁신은 제도와 문화로 정착되어야 합니다. 특히, 제도에 맞는 공무원의 의식 변화가 수반되도록 노력해 주길 바랍니다."

"누군가 2005년 한해동안 가장 많이 들었고 가장 많이 말한 것이 무엇이냐고 제게 묻는다면 저는 주저 없이 '혁신'이라고 대답할 것입니다. 올해 교육부는 혁신에 전력투구했었고 많은 것을 바꾸었습니다. 그 과정에서 얻은 것은 혁신은 우리 속에 있다는 것이며 우리의 마음과 생각이 바뀔 때 국민이 행복해 질 수 있다는 것이었습니다."

위의 두 인용문은 '정부 혁신'과 '교육 혁신'의 중요성을 단적으로 표현하고 있다. 혁신만이 살 길이요 혁신의 키워드는 발상의 전환인데 정부 및 관계 공무원이 먼저 앞장서 줄 것을 요구하고 있는 것이다. 얼마 전까지만 해도 우리가 가장 많이 듣고 쓰던 말은 '개혁(改革)'이었다. 그러나

개혁이란 말의 약발이 다해서인가. 우리 국민은 어느 순간부터 '혁신'이란 말을 더 많이 듣게 됐다. 온통 여기저기서 '혁신'을 강조한다. 소위 우리는 지금 '혁신 시대'에 살고 있는 것이다.

인천 교육계 역시 지금 한창 혁신의 바람이 불고 있다. 초등학교 학교 운영위원장인 필자도 최근 교육청이 주관하는 두 차례의 '교육 혁신 설명회'에 다녀왔다. 경영학을 가르치는 한 교수는 교육계와 학교 구성원 역시 고객의 만족도를 높이기 위해 끊임없이 자기 변화를 꾀하며 노력하는 기업의 혁신 마인드를 벤치마킹해야 한다고 강조했다.

여러 면에서 가장 변화의 속도가 느리고 정체되어 있다는 우리 교육계가 귀담아 들어야 할 부분임에 틀림없다. 하지만 기업과 교육의 목적이 다른데 동일한 목표와 방법을 적용하는 것은 더 많은 논의가 필요하고 고려해 봐야 할 것이다.

개혁이든 혁신이든 목표는 제도와 정신을 바꿔 사람살기 더 나은 세상을 만들자는 것이다. 최근 교육 혁신의 방향이 고객인 학부모 만족도 높이기여서인지 학부모 대상의 연수가 부쩍 늘었다. 교육 관료나 학교 관리자 중심의 기존 연수에서 벗어나 소위 교육 수요자인 학부모를 대상으로 다양한 교육 행정 정보를 전달하고 의견을 수렴하려는 자세 역시 그 전과는 매우 다른 모습이다. 더욱이 앞으로 학교별, 교육청별 혁신 경진대회를 개최하여 다양하고 참신한 혁신 사례를 발굴하여 확대 및 지원하겠다는 야무진 포부 역시 예전과는 많이 달라진게 확실하다.

그러나 이런 신선한 혁신 바람에 석연찮은 불안이 몰려오는 것은 왜일까. 이번에도 역시 혁신의 주체가 내적 동기와 자발성을 바탕으로 한 교육 주체 구성원 사이의 자발적 혁신이라기보다 '인천 교육 홍보단' 출범과 같은 보여주기 식이거나 중앙정부 주도의 하향식 혁신에 맞춘 보고용 혁신이 아닐까하는 의구심 때문이리라. 더구나 지방 교육 혁신 성과와 평가 결과가 공개되고 실적에 따른 수천억 원의 재정 지원의 인센티브가 직결될 수 있는 상황에서 중앙정부는 막대한 재정을 무기로, 지방교육청은 보다 나은 실적으로 중앙정부 재정 지원을 한 푼이라도 더 받기 위해서일지 모른다는 우려 때문이다.

동기 유발 차원의 인센티브 제시가 잠깐은 효과를 나타낼 수 있다. 하지만 앞서 지적한대로 진정한 혁신은 제도뿐 아니라 정신이 함께 바뀌는 것이다. 내적 구성원이 혁신의 필요성을 스스로 깨닫고 자발적 혁신 의지와 발상의 전환이 전제될 때 외적인 인센티브 유무와 상관없이 혁신은 계속되고 지속적으로 성공해 나갈 수 있는 것이다.

진정한 혁신은 다소 고통이 수반되더라도 '익숙한 것으로부터 결별하는 것'이며 '우리의 가치를 스스로 만들어 가는 것'이라고 했던가. 이번에는 반드시 성공할 수 있기를 기대해 본다.

경인일보, 2006년 6월 1일자/참교육학부모회 인천지부장

6.7. 교육 혁신과 패러다임 변화
진정한 교육 패러다임 변화를 위한 길

　　패러다임이란 단어의 역사는 길지만 유명해진 시기는 오래되지 않았다. 과학사학자 토마스 쿤이 이 단어를 사용해 과학 혁명(커다란 변혁)을 설명하자, 과학뿐만 아니라 사회학 정치학 등 거의 모든 학문에서 사용하기 시작했다.

　　토마스 쿤은 지구를 중심으로 태양이 돈다는 '천동설'에서 태양을 중심으로 지구가 돈다는 '지동설'로 과학 지식이 변화한 것을 과학에서의 패러다임 변화로 보았다. 이러한 패러다임 변화는 단순히 한 가지 과학 지식의 변화만을 의미하는 것이 아니라 종교적 변화를 포함한 커다란 사회 의식 변화까지 영향을 주는 것이었다.

　　패러다임의 변화를 교육 분야에서 생각해 보면, 근대 이전에 우리는 양반만이 교육을 받는 것을 당연시했고 서구는 귀족 중심의 교육이 당연하다고 생각한 나머지 평민들이나 노예들에 대한 교육은 불필요한 것이라 생각했다. 교육에 대한 그러한 의식이 근대 이후에는 '교육은 모든 사람들의 권리'라는 생각으로 변화되었는데 이것이 교육에서의 패러다임 변화라고 볼 수 있을 것이다. 이것은 현대 교육을 의식주와 같은 중요한 것으로 여기고 인간답게 살기 위한 핵심적 '권리'로 생각하게 만들었다.

천동설에서 지동설로, 귀족 중심에서 보편 교육으로의 패러다임 변화는 그냥 갑자기 만들어진 것이 아니다. 토마스 쿤에 의하면, 패러다임의 변화는 기존 패러다임에 대한 문제를 느끼고 저항이 생겨난 후 문제들을 해결하기 위한 새로운 패러다임을 찾게 되고, 그 새로운 패러다임을 많은 사람들이 인정하게 되면 '패러다임의 변화가 일어났다'고 말하게 된다.

오늘날 우리 교육의 새로운 변화를 원한다면 현 교육의 문제점을 발견하는 데에서 시작되어야 한다. 즉 패러다임의 변화를 진정 원한다면 현 교육의 문제점을 지적하고 그것을 고치려 노력해야 한다.

현 교육의 문제점을 지적하는 것은 고통스러운 작업이다. 현 교육시스템에서 안정적 위치를 차지한 사람들에게 변화를 요구하는 것은 그들의 지위를 흔드는 것과 마찬가지이다. 그들도 자신들 스스로에게 고통스러운 변화를 요구하는 것은 너무나도 어려울 것이다. 바로 변화의 고통에 대한 두려움과 안정적 지위가 흔들릴 것을 우려하기 때문이다. 하지만 이러한 변화가 자신들에게 새로운 권위와 존경을 만들어 줄 수 있다는 것을 깨달아야 한다. 그러기 위해서 누군가는 변화를 향해 먼저 앞장서야 될 것이다.

인천 교육계의 비리를 포함해 교육의 문제점을 지적하는 것은 새로운 패러다임을 찾기 위한 중요하면서도 아주 초보적 단계인 것이다. 이 과정을 밟지 않고서는 새로운 교육 패러다임을 발견할 수 없을 것이다.

교육의 새로운 패러다임을 원한다면 현 교육의 잘못된 점을 '강하게' 지적해야 한다. 업자와 결탁해 세금을 낭비하거나, 아무 내용도 없는 사업을 이름만 번지르르하게 벌인다거나, 교육을 빙자해 자신의 사리사욕을 채우는 사람들이 많아진다거나, 정상적 인사 대신에 비리가 판을 치는 일이 많아지면, 이런 것들을 일일이 밝히고 지적해 문제를 바로잡으려 해야 한다.

그 과정에서 패러다임의 변화가 시작되는 것이다. 패러다임의 변화를 원하면서 비리 문제를 눈 감으려하는 사람은 진정 패러다임 변화를 원하는 사람이 아니라 원하는 '척'하는 사람일 뿐이다.

경인일보, 2010년 12월 30일자 / 인천시의원

6.8. 교육 혁신과 고통
고통 없는 혁신은 없다

혁신(革新)이란 어떤 상황의 점진적인 혹은 급진적인 변화를 일컫는 말이다. 그래서 교육에서의 혁신은 제도, 내용의 변화와 함께 그 밑바탕이 되는 정신의 변화를 의미한다.

많은 사람들은 교육에 혁신이 필요하다 말한다. 본인도 마찬가지다. 교육 혁신을 주장하는 사람들은 현 교육에 문제점이 많다는 것을 눈치 챈 사람들이다. 그 문제를 고치기 위해 새로운 교육 정신과 교육 제도와 교육 내용을 요구하게 되며 그 새로운 것에 '혁신'이라는 이름을 붙이게 된다.

어떤 사람은 혁신을 '절대적인 정답(진)' 혹은 '좋은 것(선)' 또는 '아름다운 것(미)'이라는 선입견을 가지고 혁신을 외친다. 하지만 혁신은 꼭 그런 것이 아니다. 혁신이 현재 교육의 문제점을 해결하기 위한 대안으로 주장되긴 하지만 혁신을 실천하는 과정에는 많은 문제점을 드러내기도 한다.

혁신은 진화의 과정과 유사하다. 생물의 진화를 살펴보면 어떤 생물에 많은 변화가 나타나지만 그 변화 중 '자연 선택' 되어 살아남는 것은 극히 일부이다. 그래서 자연 선택된 그 일부가 힘든 자연 환경에 견디기 쉽게 진화된다.

교육도 마찬가지다. 현재 교육의 문제점을 극복하기 위해 많은 혁신적인 것들을 시험해 보지만 대부분 시대와 사회 환경에 적합하지 못해 사회의 주된 제도로 살아남지 못하고, 살아남은 소수의 것만 주된 제도로 정착하게 된다. 이렇게 성공한 교육 제도는 수많은 실패의 아픔을 극복하고 남을 정도로 교육 발전에 기여한다. 교육은 이렇게 발전하는 것이다.

결국 혁신은 항상 실패의 가능성을 안고 있는 고통스러운 것이다. '혁신'이라는 이름을 붙인다고 해서 '아름다운 것' 혹은 '좋은 것'으로만 생각하는 것은 현재 문제의 고통을 피하기 위한 간절한 소망일뿐이다. 비록 실패할 수도 있고 고통이 따를지도 모르지만 혁신은 꼭 필요한 것이다. 왜냐하면 혁신 없이는 교육의 발전을 기대할 수 없기 때문이다.

혁신을 두려워하는 사람도 있다. 현행 교육이 가지고 있는 문제점과 한계를 분명히 알고 있으면서도 마치 아무 일도 없는 것처럼 눈을 감는 사람도 있다. 그들에게는 혁신이라는 제도 변화가 기득권 상실로 다가오기 때문이다. 그래서 변화를 두려워하고 저항한다.

하지만 현재 교육 문제들이 더욱 커지고 교육계 외부로 노출되어 많은 사람들이 혁신을 요구하게 되면 이러한 저항이 무기력해지게 된다.

이렇게 역사는 발전한다.

　과거에는 혁신이 서서히 이루어졌지만 현대는 상대적으로 볼 때 빠르게 일어난다. 과거에는 교육의 문제점이 빠르게 드러나지 않았지만, 현대는 각종 언론매체와 인터넷과 페이스북, 트위터 등을 통한 빠른 정보교환 때문에 문제점이 빨리 사회 문제화된다. 그래서 사람들은 현대는 과거와 달리 빠른 혁신을 요구한다. 즉 '열린사회'에서 볼 수 있는 현상들이 나타나게 된다.

　만약 우리가 교육 혁신을 원한다면 우리 교육이 안고 있는 문제들을 과감히 노출시켜야 한다. 그것이 비리라는 이름을 달든 아니면 문제라는 이름을 달든 상관없다. 노출로 인해 고통스러워하는 사람들도 있겠지만 이를 극복하고 나면 새로운 변화에 도전할 용기가 생겨난다. 이것이 혁신의 시작이다.

　학생부 조작 문제가 드러나야 왜곡된 입시 중심의 교육 문제가 바뀌게 되고, 교육 비리가 드러나야 더 깨끗한 교육을 위해 노력하게 된다. 경제적 빈부 차이로 인한 문제들이 드러나야 이를 극복할 방안이 탄력을 받고, 권력 독점으로 인한 독재의 아픔을 겪어보아야 삼권 분립의 소중함을 이해한다.

　혁신은 과거의 잘못을 드러내는 작업이며 그것을 바탕으로 미지의 세계를 창조하는 작업이다. 또한 미래 실패에 대한 두려움을 극복할 용기가 필요한 작업이다. 그러한 고통의 과정을 이겨낸다면 그 열매는 그만큼 달 것이다. '모두가 행복한 교육'이라는 유토피아 세계를 꿈꾸면서 현재의 문제에 눈감는 사람은 진정 혁신을 원하는 사람이 아니

다. 혁신은 고통스런 변화를 두려워하지 않는 용감한 개척자의 의지
에 달려있다.

인천신문, 2011년 6월 8일자 / 인천시의원

추천사

문병호 국회의원

노현경 인천시의원을 처음 만난 것은 그가 참교육학부모회 활동을 할 때입니다. 그때부터 그는 옳지 않은 일에는 적당히 타협하는 법이 없었습니다. 시의원이 된 후에도 교육위원회에서 활동하면서 학교와 교육 문제 해결에 남다른 애정을 쏟아 왔습니다. 그 애정은 십여 년 동안 지속적으로 써 온 칼럼들 속에서 충분히 느낄 수 있었습니다.

'모든 아이들은 특별하다'라는 제목의 이번 칼럼집은 참교육학부모회 인천지부장, 제5대 인천시교육위원, 제6대 인천시의원(교육위원회) 등 십여 년이 넘는 기간 동안 오로지 인천 교육에 쏟아 부은 뜨거운 열정이 고스란히 녹아 있다고 생각합니다.

재미있는 부분은 '급식도 교육'이라는 주제 하에 쓴 칼럼들인데, 마치 인천 학교 급식 역사의 흐름을 한 눈에 보는 듯 느껴지며, 인천의 결식 아동 문제를 해결하기 위해 유사한 내용을 매년 반복적으로 외쳐온 집념과 인천 교육에 대한 애정이 느껴집니다.

다시 한 번 『모든 아이들은 특별하다』의 발간을 축하드립니다.